المدخل إلى علم المراسلات

阿拉伯語應用文

林建財編著

前言

應用文係人類為應日常生活的需要,遵循禮俗風尚、人情事理或法律規章,並以文字為媒介所作的文書;其用途在傳遞訊息、溝通情意,如書信、柬帖;或個人與團體或團體與團體間意思表達、處理公務而往返的文書,如申請書、公文等;或各行業間往來交際、交涉的應用文書,如商業信函。

近年因社會變遷、科技進步,應用文的格式、用法及傳遞方式均受影響,但其基本特質仍在。而應用文的基本特質為一定的對象,如收信人、受文者;一定的目的,如應酬、商討、請託、允諾、拒絕等;一定的格式體裁,如開頭、結尾、尊稱、自稱等;一定的句型、用語,隨對象目的的不同而有不同的遣詞用字。但無論如何,均力求簡淺明確,並予以適當的配合與對應。

應用文範圍廣泛,種類繁多,體裁各異,撰作上須具有多方面的知識與相當的語文程度。而我們是以阿拉伯語文第二外國語的學生,修習應用文旨在實用,因此所討論的範疇偏重於較有可能接觸或實際運用的個人及社交書信、商業信函及外交文牘,並儘可能地套用固定的格式、確定的句型與用詞。因此,只要用心,假以時日的學習與研磨,應可達到修習的目的。

المقدمة

تعد المراسلات نوعاً مهماً من أنواع الكتابة في جميع العصور، وخاصة العصر الحديث، نظراً لأن العالم صار قرية صغيرة في ظل تطور وسائل الاتصال والنقل الحديثة. إذ يستخدم الناس الكلمات والجمل كوسيلة تواصلية مهمة جداً للتعبير عن العواطف والأفكار والاحترام فيما بينهم، وتستخدم هذه المراسلات بين الأصدقاء والأقارب وبني البشر جميعاً، وذلك نظراً لحاجتهم اليومية إلى التواصل الإنساني والاجتماعي في جميع أنحاء العالم، وبالتالي فإن هذه المراسلات تغطي مجالات عديدة وأصنافاً كثيرة من التعاون والتعامل في العلاقات الإنسانية والاجتماعية. ولكننا في كتابنا هذا نتناول ثلاثة أصناف رئيسية فقط من المراسلات، وهي: الرسائل الشخصية الخاصة والمراسلات الحكومية والرسمية العامة والمراسلات التجارية.

ونحبّ أن نشير هنا إلى أنّ المراسلات المعاصرة، وبخاصة في السنوات الأخيرة، وقد تأثرت تأثراً ملحوظاً بمعطيات التكنولوجيا الحديثة، وما رافقها من تغيرات اجتماعية وسياسية وثقافية وفكرية في حياة الناس ونمط تفكيرهم وأسلوب معاملاتهم الجديدة، وبالتالي تطور أساليب الكتابة وأشكالها، وطرق وصولها إلى أفراد المجتمع جميعاً، إلا أن العناصر الأساسية والجوهرية في المراسلات لا تزال قائمة كما هي، وذلك مثل الشكل العام للرسالة كالمقدمة والتحية الافتتاحية والخاتمة وعبارات الاحترام والتأدب والتلطف.

وقد بذلنا جهداً كبيراً في جمع المادة العلمية المتداولة في جميع البلدان العربية بشكل عام، وفي معظم الشركات التجارية العربية الخاصة والعامة والدوائر الحكومية بمختلف أنواعها وأشكالها في خلال خبراتنا اليومية وتعاملاتنا مع الدوائر الحكومية والمؤسّسات العربية، ونسلط الضوء بشكل عملي على فن هذه المراسلات ليكون عوناً مهماً للطلاب والدارسين يستعينون بالنماذج من خلال الممارسة الكتابية المستمرّة حتى يعززوا مهاراتهم للكتابة ويطبقوا فيها العناصر الأساسية، ويحققوا الأهداف المقصودة ويؤمنوا الرد المرجو.

محتويات الكتاب

أصناف الرسائل (المراسلات)

信函的類別

للرسائل ثلاثة أصناف رئيسية: شخصية ورسمية (حكومية) ورسائل أعمال.

١- الرسائل الشخصية: هي التي يجري تبادلها بين الأنسباء والأصدقاء. 私人信函

٢- الرسائل الرسمية: هي التي يجري تبادلها بين أشخاص وبين الدوائر الرسمية في الدولة أو بين الدوائر الحكومية نفسها. 官方信函（公文）

٣- رسائل الأعمال أو الرسائل التجارية: هي تلك التي يجري تبادلها بين رجال الأعمال وبين الشركات نفسها. 商業信函

أقسام (أجزاء) الرسالة

تُقَسَّمُ الرسالة إلى أجزاء، ويكون ترتيبها على الشكل التالي:

١- اسم وعنوان المرسل

發信人姓名、地址

يكتب الاسم والعنوان على القسم الأعلى في الزاوية اليمنى من الرسالة. يكتب أولاً اسم المرسل، رقم المنزل، اسم الشارع، اسم القرية أو المدينة ثم اسم البلاد. (وقد يكون اسم وعنوان الشركة مطبوعين في رأس الورقة/ الترويسة.)

٢- المصدر والتاريخ

發信的城市名或國家名及日期

يأتي المصدر والتاريخ بعد العنوان مباشرة:

المصدر هو المدينة أو البلاد التي يقطنها المرسل.

تراعى كتابة تاريخ اليوم والسنة بالأرقام، أما كتابة الشهر فتكتب بالحروف.

(يساعد التاريخ في تنظيم الرسائل الصادرة والواردة وفي عمليات حفظ الرسائل في الملفات أو الإضبارة.)

٣- الإشارة والأرقام (للمراسلات التجارية والحكومية فقط)

文號

٤- الموضوع أو المبحث (للمراسلات التجارية والحكومية فقط)

主旨

٥- اسم المرسل إليه وعنوانه والديباجة (وجهة الرسالة)

收信人姓名（稱謂及提稱語）、地址

تتوقف الديباجة على الحالات: فإذا كان المرسل إليه شخصاً فعلينا أن نذكر اسمه، إذا كان المرسل إليه يحمل لقباً أو كان ذا رتبة أو درجة أو وظيفة فيذكر بجانب اسم الشخص وظيفته أو رتبته، ومن ثم عنوانه. (يمكن الاستغناء عن ذكر العنوان إذا كانت الرسالة موجهة إلى أفراد الأسرة.

٦- التحية الافتتاحية

啓事敬辭

تأتي تحت وجهة الرسالة في سطر مستقل. وهناك انسجام بين الديباجة والتحية، إذ يراعي فيها سن المرسل إليه ومكانته الاجتماعية، وصلته بالمرسل.

٧- نص الرسالة، أو مضمون الرسالة، أو محتوى الرسالة

正文（本文）

في أغلب الأحيان يبدأ نص الرسالة بالجملة الافتتاحية وينتهي بالجملة الختامية:

أ- الجملة الافتتاحية
起首語（引敘語或開頭應酬話）

هي التي تكون على شيء من الشعور، أو التي تكون إشارة إلى رسالة سابقة.

ب- الجملة الختامية
結束語

هي التي تكون تلخيصاً لها، أو تأكيداً لملاحظة مهمة.

المسافات والهوامش
行距與頁邊留白

المسافات: تترك عادة حوالى (١) سم بين السطور، ويفضل ترك (٢) أو (١،٥) سم بين الفقرات.

الهوامش: يعرف الهامش بأنه المسافة المتروكة على يمين الرسالة ويسارها، وغالباً ما تساوي (٢،٥) سم، على أن يترك (٢،٥) سم مضافاً إليها (١) سم عند بداية كل فقرة.

٨- التحية الختامية

結尾敬辭

تأتي التحية الختامية بعد النص مباشرة، وبها تختم الرسالة. وهناك مجموعة متنوعة من عبارات يمكننا اختيار المناسبة منها، آخذين بعين الاعتبار درجة معرفة المرسل بالمرسل إليه، ونوع العلاقة به وموضوع الرسالة.

٩ - عبارة التأدّب والتوقيع (الإمضاء)

發信敬辭、署名（自稱）

تنتهي الرسالة بكلمات المجاملة والاحترام، ثم يأتي التوقيع أو الإمضاء. يفضل أن يكون التوقيع ثلاثي الأجزاء، يكتب لقب أو وظيفة الموقع وعبارة الاحترام والمجاملة على الجهة اليسرى من أسفل الرسالة، ثم يأتي التوقيع بعد ذلك، ثم يكتب المرسل اسمه كاملاً.

١٠ـ المرفقات

附件

هي عبارة عن كل ما يلحق بالرسالة ويصبح مكملاً لها.

١١ـ النسخة أو الصورة

副本

وهي نسخ تُعطى، أو تُسلم لمن يعنيهم الأمر.

١٢ـ الرموز

起稿附署

هي كتابة الحرف الأول من اسم كاتب الرسالة لحصر المسؤولية بشأن كتابتها.

المغلفات (الظرف / الظروف)

信封

أصناف المغلفات
信封種類

١ـ المغلف الجوي

٢ـ المغلف العادي

٣ـ المغلف الأصفر (الكبير)

٤ـ المغلف ذو الفتحة الشفافة

يكتب اسم وعنوان المرسل إليه في وسط المغلف.

يكتب اسم وعنوان المرسل في الزاوية اليسارية العليا من المغلف.

يوضع الطابع البريدي في الزاوية اليمينية العليا من المغلف.

بعض المصطلحات التالية يمكن وضعها على المغلف:

المستعجل	快遞	المسجل	掛號
سري أو سري جداً	密件	خاص	私函
هام	要件	بريد جوي	空郵
إشعار بعلم الوصول	雙掛號	المطبوعات	印刷品

نموذج كتابة المغلف

الطابع البريدي		ماء العينين سلامة ص. ب. ٦٧٧- دبي الإمارات العربية المتحدة
	السيد عدنان ملحس مساعد المدير العام للشؤون المالية شركة الكوثر للاستثمار ص. ب. ٩٢٦٨٢٧ عمان – الأردن	بريد جوي

رسالة نموذجية تظهر فيها أقسامها (الشخصية)

عادل جمعة قرش

الرقم ٦٨ شارع السلطان سليمان (اسم وعنوان المرسل)

جبل القصور

عمان، الأردن

عمان في ١٦ كانون الثاني ....م (المصدر والتاريخ)

حضرة الصديق الفاضل السيد عدنان ملحس ...... المحترم (اسم المرسل إليه وديباجته)

قسم اللغة العربية

(اسم جامعة)

(اسم مدينة)

(اسم دولة) (عنوان المرسل إليه)

تحية طيبة وأشواقاً قلبية وبعد : (التحية الافتتاحية)

تسلمت رسالتك الكريمة المؤرخة في .... (الجملة الافتتاحية)

.... (نص الرسالة)

....

....

أرجو أن تخبرني أي شيء أستطيع أن أفعله لأجلك. (الجملة الختامية)

أتمنى لكم السعادة والنجاح. (التحية الختامية)

أخوك المخلص (عبارة التأدّب)

(التوقيع)

عادل جمعة قرش (الاسم الكامل)

رسالة نموذجية تظهر فيها أقسامها (التجارية)

شركة المتحدة للتجارة

المساهمة المحدودة

ص. ب. ١٨٨، دبي، والرمز البريدي ١١٢، الإمارات العربية المتحدة

تليفون : ٢٢٢٨٨٨ - ٩٧١٤.   فاكس: ٣٣٣٧٧٧ - ٩٧١٤

س. ت. : ٥ / ٣٥٦٦٦ / ١   عنوان البرقية: أ أ بي سي أي أم

الإشارة : أ.ل. / ٩٩ / ٦٦

التاريخ : ١٦ يناير، ....م   الموضوع: استفسار عن تاريخ وصول البضاعة المطلوبة

السادة / شركة الملاحة .... المحترمين

(اسم مدينة)

(اسم دولة)

بعد التحية،

بالإشارة إلى كتابكم رقم .... المؤرخ في .... بشأن ....

....

نرجو أن تزودونا باسم ميناء الوصول واسم السفينة المشحونة عليها البضاعة، والوقت المتوقع لوصولها.

ولكم جزيل الشكر.

عن شركة المتحدة للتجارة

المدير العام

ماء العينين سلامة

المرفقات:

النسخ: ١) لمدير المبيعات ٢) للإضبارة

الرموز: ج. ل

بعض أمثلة من الديباجة المستعملة في وجهة الرسالة
اسم المرسل إليه وديباجته

١ـ للأهل والأنسباء والأصدقاء:

١) للوالد

والدي العزيز
سيدي الوالد المحترم
والدي المحترم
سيدي الوالد الحنون
والدي الحبيب
والدي العزيز المحترم والديّ العزيزين

٢) للوالدة

سيدتي الوالدة المحترمة
سيدتي الوالدة الحنون
والدتي العزيزة
والدتي الحنون
أمي الرؤوم
أمي العزيزة

٣) للعم والعمة أو الخال والخالة

سيدي العم أو الخال الفاضل المحترم
عمي العزيز أو خالي العزيز
خالتي أو عمتي العزيزة
عمتي أو خالتي الفاضلة المحترمة

٤) للأخ

أخي الحبيب
شقيقي الحبيب
أخي الأعز
أخي العزيز

٥) للأخت

أختي أو شقيقتي الحبيبة   أختي أو شقيقتي العزيزة

٦) للزوج

شريك حياتي الحبيب   عزيزي شريك حياتي

زوجي العزيز   ابن عمي العزيز

٧) للزوجة

زوجتي العزيزة   شريكة حياتي الوفية

عزيزتي رفيقة حياتي   عزيزتي الزوجة الصالحة

٨) للصديق أو الصديقة

حضرة الصديق أو الصديقة الودود

عزيزي السيد .... المحترم

صديقي العزيز، أو صديقتي العزيزة

صديقي المخلص، أو صديقتي المخلصة

السيد .... المحترم، أو الآنسة .... المحترمة

٩) للولد

ولدي الحبيب   ولدي العزيز

ولدي وفلذة كبدي   ابني المطيع

١٠) رسائل العشاق الغرامية:

للحبيب: حبيبي،   فتى أحلامي

أمل حياتي   حبيبي العزيز

للحبيبة: حبيبتي العزيزة   فتاة أحلامي

حبيبتي ومالكة فؤادي   ملاكي الطاهر

عزيزتي الآنسة ....

٢ـ أصحاب المراتب والألقاب

١) العالم أو الأستاذ

حضرة العلامة الأستاذة فدوى طوقان المحترمة

حضرة الأستاذ الدكتور .... رئيس القسم

اللغة الصينية .... المحترم

٢) المحامي:

حضرة القانوني الفاضل .... الموقر

٣) الطبيب:

حضرة الدكتور البارع .... المحترم

٤) صاحب مؤسسة أو شركة:

حضرة الماجد صاحب مؤسسة .... المحترم

السادة / شركة .... المحترمين

٥) رئيس تحرير جريدة:

حضرة رئيس تحرير جريدة .... المحترم

٦) الأشخاص:

(حضرة) السيد .... المحترم

(حضرة) السيدة .... المحترمة

(حضرة) الآنسة .... المحترمة

٣ـ أصحاب الرتب الدينية

١) الإسلامي:

سماحة قاضي القضاة .... المحترم

فضيلة مفتي الجمهورية اللبنانية الشيخ .... المحترم

صاحب السماحة الشيخ .... المحترم

صاحب الفضيلة شيخ جامع الأزهر .... المحترم

٢) المسيحي :

قداسة البابا .... المحترم

قداسة البطريق (البطريك) .... المحترم

سعادة المطران .... المحترم

صاحب سعادة المطران .... المحترم

سيادة المطران .... المحترم

حضرة الأب الجليل .... المحترم

٣) اليهودي:

سيادة الحاخام .... المحترم

سعادة الحاخام الأكبر .... المحترم

٤ ـ الحكومة والجيش

١) الملوك والأمراء:

صاحب الجلالة إمبراطور اليابان .... المعظم

صاحبة الجلالة ملكة إنجلترا .... المعظمة

صاحب الجلالة الملك .... المعظم

صاحب السمو الأمير .... الموقر

صاحبة السمو الأميرة .... الموقرة

صاحب السمو الملكي الأمير .... الموقر

صاحبة السمو الملكي الأميرة .... الموقرة

٢) رئيس الجمهورية:

فخامة رئيس جمهورية .... الأفخم

صاحب الفخامة الرئيس .... المحترم

سيادة الرئيس ..... رئيس الولايات المتحدة الأمريكية .... المحترم

سيادة رئيس .... رئيس جمهورية مصر العربية .... المحترم

٣) رئيس الوزراء:

دولة رئيس الوزراء .... المحترم

دولة رئيس مجلس الوزراء .... المحترم

٤) رئيس مجلس النواب:

دولة رئيس مجلس النواب .... المحترم

٥) الوزير:

معالي وزير التربية والتعليم الدكتور .... المحترم

٦) قائد الجيش:

سعادة الحاكم العسكري .... المحترم

سعادة الفريق الأول .... المحترم

٧) السفير ورئيس الجامعة:

سعادة سفير (اسم دولة) .... المحترم

سعادة رئيس (اسم جامعة) .... المحترم

٨) رئيس البلدية أو رئيس القسم أو عميد الكلية:

حضرة رئيس بلدية (اسم مدينة) .... المحترم

حضرة رئيس قسم اللغة العربية .... المحترم

حضرة عميد كلية اللغات الأجنبية .... المحترم

بعض أمثلة من العبارات المستعملة
في التحية الافتتاحية

تحية طيبة وبعد:

بعد التحية والأشواق،

تحية واحتراماً جزيلاً وأشواقاً قلبية وبعد:

تحيات زكيات وأشواقاً قلبية وبعد:

تحية مملوءة بالمودة والإخلاص وبعد:

بعد تقبيل وجنتيك،

أرسل إليك قبلاتي وأشواقي وبعد:

أبعث أزكى التحيات وأحر الأشواق وبعد:

أهديك تحياتي العاطرة وأشواقي القلبية وبعد:

والسلام عليكم ورحمة الله وبركاته،

بعض أمثلة من الجمل المستعملة
في الجملة الافتتاحية

أبعث إليك بهذه الرسالة لأطمئنك عن صحتي وأبلغك خبر وصولي.

أحرر لك هذه الرسالة إثر عودتنا من ....

إن رسالتك قد أدهشتنا ولكننا سررنا بها سروراً لا يوصف.

تلقيت بمزيد من السرور رسالتك الكريمة.

تسلمت رسالتك الكريمة المؤرخة في ....

هذه أول رسالة أرسلها لك بعد فراقك الوطن ....

يؤلمني أن تغادر البلاد وأن تغيب عني ....

أبعث لك رسالتي هذه لتنوب عني بتقديم تحياتي وعواطف محبتي.

بحمد لله وتوفيقه وصلنا إلى بلدنا بالصحة والسلامة.

ليس بوسعي أن أصف الشعور الذي ملأ نفسي وقلبي عندما تسلمت رسالتك الكريمة.

رغماً بأننا لا نتراسل بصورة متكررة (منتظمة) غير أنني مع ذلك واثق بأن أواصر الصداقة التي دامت لسنوات لا يمكن أن تنفصم مهما حدث.

شكراً لرسالتك، وإنه ليسرني دائماً أن أسمع منك.

آسف لعدم الكتابة إليك في وقت أبكر أولاً بسبب كثرة العمل وثانياً بسبب الكسل كالعادة.

لقد مضى .... منذ أن غادرتَ إلى .... ولم أسمع منك، آمل أن تكون بصحة جيدة.

بناءً على كتابكم رقم .... تاريخ ....

جواباً على رسالتكم رقم .... تاريخ ....

يؤسفنا أن نبعث إليكم هذه الرسالة لأنكم تأخرتم في إرسال البضاعة المطلوبة.

نتشرف بإحاطة حضرتكم علماً بأننا ....

بعض أمثلة من الجمل المستعملة
في الجملة الختامية

آمل أن تصلك هذه الرسالة وأنت وعائلتك في أحسن صحة.

أرجو أن تخبرني بالتفصيل عن حالة جميع الأسرة.

أرجو معذرتي لإزعاجكم.

سوف أزوركم في مطلع الشهر القادم بعون الله وتوفيقه.

آمل أن أتسلم منك رسالة بأقرب وقت.

أرجوك ألّا تبخل علينا برسالة في أقرب وقت.

إني مستعد لكل خدمة تشرفوني بها وبانتظار أخباركم السارة.

عرّفنا عما يلزمك لنرسله لك بوجه السرعة.

إنني واثق بأنك لن تخيب أملي (ترفض طلبي) مع شكري الجزيل سلفاً.

أرجو أن تلبي طلبي.

أرجو أن تكتب لي في بعض الأحيان كيلا أشعر بأنك بعيد عني.

أرجو أن تكتب كلّما استطعتَ.

إني بانتظار جوابكم ليكون لي منارة هدى تنير طريقي.

شكراً مرة أخرى على دعوتكم اللطيفة.

شكراً جزيلاً على الهدية التي أرسلتها إلينا.

أشكرك سلفاً على مساعدتك (تعاونك).

إني بانتظار جوابك على أحرّ من الجمر.

إني بانتظار كلمة تطمئنني عنك وعن العائلة.

إني في انتظار جوابكم بالإيجاب.

وأرجو أن تقدم تحياتي إلى كافة الأصدقاء الذين كان لي شرف التعرف عليهم، آمل أن تساعدني الظروف قريباً للاجتماع بكم.

سأخبركم برقياً عن موعد وصولنا.

سأتصل بكم هاتفياً عن ....

بعض أمثلة من العبارات المستعملة
في التحية الختامية

أتمنى لك دوام الصحة والعافية والتوفيق ودمت سالماً.

أتمنى لكم كل السعادة والنجاح والفلاح ورغد العيش.

أتمنى لكم حسن الحال ورخاء البال.

أبثكم شوقي وتقديري، والله يديمك بسلام.

أسأل الله أن يديم عليكم نعمة الصحة والرعاية.

أسأل الله أن تكون بخير وهناء.

أسأل الله أن تكون في حالة جيدة.

أسأل الله أن يرزقكم كما تحبون.

أسأل الله أن يطيل حياتكم ولكم مني جزيل الاحترام والشكر.

مع ألطف (أطيب، اخلص) التحيات (تحياتي).

مع كل التمنيات الطيبة والتوفيق والنجاح.

تفضل بقبول أصدق تحياتي وأحر أشواقي.

تحياتي وحبي إلى الجميع.

والسلام عليكم و رحمة الله وبركاته.

والله يحفظكم ويرعاكم.

تحياتي إلى أفراد أسرتك الكريمة.

تحياتي لك، ولعائلتك المحترمة آملاً أن تكونوا جميعاً بصحة جيدة.

وتفضلوا بقبول فائق الاحترام والتقدير.

وتفضلوا بقبول احترامي وتحياتي.

بعض أمثلة من عبارات التأدب المستعملة
قبل نموذج التوقيع

من الوالد إلى الولد:	والدك	والدك المحب
	والدتك الحنون	والدك المشتاق
من الولد إلى والديه:	ولدكم	ولدكما المشتاق
	ولدكم المطيع	ابنك البار
بين الأقرباء:	أخوك المخلص	شقيقتك المحبة
	أخوك المحب	ابنة أختك المخلصة
بين الأصدقاء:	صديقك الوفي	صديقك المخلص
	صديقك الحميم	صديقك الأمين
	صديقك العزيز	صديقك الحبيب
	المخلص أو المخلص لكم	صديقك دائماً
	صديقك إلى الأبد	ودمت لصديقك المخلص
بين الزوج والزوجة:	ابن عمك المشتاق	زوجك المحب المشتاق
	ابنة عمك المشتاقة أو الوفية	زوجتك المحبة المشتاقة
لرسالة الطلب:	مقدم (مقدمة) الطلب أو مقدمه	المستدعي (المستدعية)

للرسالة التجارية أو الحكومية:

يذكر لقب ووظيفة واسم الشركة أو المؤسسة.

الرسائل الشخصية

نموذج (١)

(اسم مدينة) في ١٢ أكتوبر ....م

سيدي الوالد الحنون:

أحيّيكم وأقدّم لكم واجب الاحترام وبعد،

لقد جئت إلى مدينة (اسم مدينة) لألتحق بجامعة .... في أواخر الشّهر الماضي، وبدأت في دراستنا بعد التّسجيل مباشرة. ونظراً لكثرة الدّروس في بداية السّنة الدّراسية فإني أقضي معظم أوقاتي بين الكتب والدّفاتر، والحمد لله كل شيء على ما يرام.

نظراً لغلاء المعيشة بـ(اسم مدينة) والتكاليف المتعدّدة وللحاجة إلى شراء بعض الحاجيات الضّروريّة، فأرجو منكم أن ترسلوا إليّ مبلغاً وقدره ....، وذلك عن طريق الحوالة البريديّة، أو تحويله إلى حسابي رقم .... في بنك ....

وختاماً أسأل الله أن يحفظكم، أرجو أن تبلغ تحياتي لأفراد الأسرة، وسلامي الخاصّ إلى والدتي الحنون.

وتفضلوا بقبول أحرّ أشواقي وأصدق تمنياتي...

ولدكم المخلص

(التّوقيع)

(الاسم الكامل)

نموذج (٢)

(اسم مدينة) في ١٦ أكتوبر ....م

ولدي العزيز وفلذة كبدي:

أهديك تحياتي وأشواقي وبعد،

تسلّمت رسالتك المؤرّخة في ....، وسُرِرت بها كثيراً حيث إنّك تعيش في حالة طيّبة، وبصحّة جيّدة.

وقد حوّلنا اليوم المبلغ الّذي طلبتَه في رسالتك. لذا راجع البنك (أو المصرِف) للتأكُّد من وصوله وإفادتنا بذلك.

إنّي بانتظار رسائلك دائماً لأطمئنّ على أحوالك وأحوال دراستك وأتعرّف إلى طلباتك. وأتمنّى لك النّجاح والتّوفيق ودمتَ سالماً.

والدك

(التّوقيع)

نموذج (٣)

يوم ٢٤ ديسمبر ....م

حضرة رئيس تحرير جريدة .... المحترم

تحية طيّبة وبعد،

يسرني أن أعلمكم أنّني (................) الجنسيّة، وأبلغ من العمر ... سنة، وقد حصلت على الشّهادة الثّانويّة، والآن أدرس في جامعة .... في مجال .... وبالإضافة إلى ذلك أتعلّم اللّغة العربيّة لأنّني أحبّ تعلّم اللّغات الأجنبيّة ومن هوايتي ....

هذا،فأرجو بواسطة جريدتكم الموقّرة أن أتمكّن من مراسلة بعض قرائكم النّاشئين الّذين أنهوا المرحلة الثّانويّة على الأقلّ وأتقنوا اللّغة العربيّة والإنجليزيّة (الإنكليزيّة).

وإن وجد طلبي هذا مكاناً في صحيفتكم، فأرجو نشره مع جزيل الشّكر راجياً إعلامي عن عناوين من لهم مثل هذه الرغبة.

أعود (أكرّر) فأشكركم ثانية.

عنواني: المخلص

.... (التّوقيع)

.... (فلان)

....

نموذج (٤)

اسم المرسل

عنوانه

٢٤ يناير (كانون الثاني) ....م

حضرة السّيّد .... المحترم

تحية طيّبة وبعد،

شاهدتُ اسمك وعنوانك في زاوية التّعارف من جريدة .... ولمّا وجدتُ أنّ هوايتّك شبيهة بما لديّ من الهوايات وهي جمع الطّوابع البريديّة وصور الرّسومات الأثريّة، والسّفر إلى البلاد الأجنبيّة. لذلك بادرتُ بإرسال هذه الرّسالة لك للتّعرّف عليك أولاً، ومن ثمّ إجراء المبادلة لما لدينا من الطّوابع والرّسومات وأخبار السّفر. يمكن أن نرى بعضنا بعضاً في المستقبل لأنّ كلاً منّا يحبّ السّفر، ويمكن أن نتعرّف على الطّبائع الإنسانيّة عند كلّ من شعبينا.

وإنّي أودّ أن أخبرك نبذة عن نفسي: أنا .... من .... في سنة .... من عمري، طولي .... سنتيمتر، حزت على .... (دبلوما)

أرسل لك هذه الرّسالة القصيرة اليوم، وأنتظر جوابك، وإنّي أتشوّق لأرى كتابك.

أتمنّى لك وقتاً سعيداً وتفضّلوا بقبول فائق تحياتي واحترامي.

صديقك المخلص

(التّوقيع)

(فلان)

نموذج (٥)

اسم المرسل

عنوانه

التاريخ:

عزيزي السّيّد .... المحترم

تحية طيّبة وبعد،

سررتُ جداً عندما تسلّمت رسالتك اللّطيفة، وكنتُ سعيداً وخاصّة لأنّك تحبّ نفس الهوايات الّتي أحبّها، وآمل أن تكون صداقتنا مفيدة ومستمرّة.

أُرسِلُ لك مع هذه الرّسالة بعضَ الطّوابع لتراها، وتنتقِي ما يناسبك منها. أرجو أن توافيني حالاً بنماذج مما لديك.

أودّ أن أطلب منك معلومات أكثر عن نفسك وعن مجتمعك، وتخبرني كيف تقضي أوقات فراغك، وسأعمل بالمثل في رسالتي القادمة.

وأرجو من الله أن تصل رسالتي هذه وأنت في أحسن حالة، ومتمتّع بالصّحّة والسّعادة.

وتحياتي الخالصة لك ولأفراد الأسرة، ودمتم في حفظ الله.

صديقك الوفيّ

(التّوقيع)

(الاسم الكامل)

" بسم الله الرحمن الرحيم "

وكل عام وانتم بخير

عمان في

اخي العزيز السيد المحترم ادامه الله آمين •

لقد تسلمت رسالتك المؤرخة في / / ، ولكم سررت بها وحمدت

وانني في انتظار جوابكم على رسالتي هذه ، ارجوان تقبلوا مني فائق المحبة والتقدير والاحترام •

اخوكم المخلص

احمد قاسم

العملكة الاردنية الهاشمية Jordan

عمان - الرصيفة

الشارع الرئيسي

بواسطة صالح حسين السنكري

اخي العزيز :

ارجوان تبعث الرسائل على العنوان المذكور تحت اسمي وعلى المغلف وان تكتبه باللغة العربية وان تكتب فقط اسم الاردن باللغة الانجليزية والف شكر سلفا •

الأخ العزيز!

ابعث اليك بتحياتي واشواقي راجياً ان تكون بصحة جيده

صديقي العزيز: من الأردن الصامد في وجه الخطر الصهيوني، الأردن الذي عشت فيه أياماً طويلة أبعث اليك بأخلص التمنيات وأنت في بلدك العزيز الصين راجياً أن تجمعنا الظروف ونحن ننعم بالخير والسعادة والسلام.

صديقي العزيز: - لم يعد الأردن البلد الذي كان يعج بالفوضى خلال العامين الماضيين بل أصبح الناس يشعرون بالهدوء والطمأنينة ويعودون لمزاولة أعمالهم كما كانوا سابقاً، ولم يؤسفني ويؤسف كل مواطن أردني أن يشعر أي زائر من بلد صديق أمثالك بأي ازعاج في بلدنا التي هي مرآة تنعكس عن هذا الشعب الطيب.

الصديق العزيز: بالنسبة لي فأنا أعمل مدير مدرسة في الرصيفة القريبة من عمان العاصمة، وقد سجلت في هذا العام بقسم الدراسات العليا فرع التاريخ بالجامعة الأردنية وهذا يفتح لأول مرة.

أرجو أن تبعث لي رسائل من عندك تعلمني فيها عن كل شيء عندك وعن دراستك وعملك.

آسف لتأخري عليك بالمراسلة

دمت صديقاً وفياً

المخلص

أخوكم

عبدالله سليمان اللواما

٢٤/١٠/ .

٤ رمضان / . هـ

العنوان

الأردن - عمان

جبل القصور - بواسطة صالون الجزائر

عبدالله سليمان اللواما

الإعلانات والدعوات

الإعلانات والدعوات:

نكتفي في هذا الفصل بتناول الإعلانات والدعوات داخل حرم الجامعة، وعلى أن نتناول بقيتها في الفصول والأقسام اللاحقة. تشتمل الإعلانات والدعوات من هذا النوع على المعلومات التالية : من، لمن، ماذا، عن ماذا، لماذا، متى، وأين. وتكون الإعلانات والدعوات إلى حضور ومشاركة في ندوات ومحاضرات ومباريات وحفلات، وتكون موجزة وواضحة وبعبارات مفهومة.

نموذج

حفلة التّعارف (استقبال الطّلبة الجدد)

تتشرّف اللّجنة التّنفيذيّة لرابطة طلبة قسم اللّغة العربيّة بدعوتكم لحضور حفلة التّعارف الّتي يقيمها القسم احتفالاً بمناسبة حلول السّنة الدّراسيّة الجديدة، وترحيباً بالطّلبة الجدد. وسيقدّم خلالها طلبة القسم برامج التّسلية والتّرفيه الرّائعة. وذلك في يوم .... الموافق .... من السّاعة .... إلى السّاعة .... مساءً في .... راجين التّفضّل بتلبية لدعوتنا هذه.

دعوة عامة.

أمين السّرّ للّجنة التّنفيذيّة

(التّوقيع والختم)

الاسم الكامل

نموذج

اعتذار

تعتذر اللّجنة التّنفيذيّة لرابطة طلبة قسم اللّغة العربيّة عن إقامة حفلة التّعارف المقرّرة في تمام السّاعة .... من مساء يوم .... ، وذلك لظروف طارئة، وسوف يعلن عن الموعد الجديد في حينه (فيما بعد).

نموذج

الإعلان

ستجري مباراة كرة السلة بين فريق قسمنا وفريق .... على ملعب كرة السلة رقم ٨، وذلك في تمام الساعة .... من يوم .... ، فنرجو من جميع طلاب القسم الحضور إلى الملعب تشجيعاً لفريقنا.

رئيسة رابطة طلبة قسم اللغة العربية

التوقيع والختم

الاسم الكامل

نموذج

الدعوة

تشرف مكتب قسم اللغة العربية بدعوة أساتذة القسم لحضور حفلة الشاي التي يقيمها القسم تكريماً للوفد السعودي التعليمي الذي يزور (اسم دولة) حالياً. وبهذه المناسبة سيلقي رئيس الوفد كلمة عن أساليب تعليم اللغة العربية لغير الناطقين بها. وذلك في يوم ....ه الموافق ....م من الساعة الثالثة حتى الساعة الرابعة بعد الظهر في .... راجين التفضل بتلبية للدعوة هذه.

رئيس قسم اللغة العربية

التوقيع والختم

الاسم الكامل

نموذج

دعوة إلى شخص لإلقاء كلمة كضيف شرف في مأدبة

يتشرف نادي خريجي قسم اللغة العربية من (اسم جامعة) بدعوتكم لتكونوا ضيف شرف وخطيباً في مأدبته السنوية التي ستقام في الساعة السابعة من مساء ٢٨ آذار ....م في فندق هيلتون.

يدور موضوع برنامجنا حول مستقبل طلاب اللغة العربية، مع العلم أن أيّ جانب من جوانب هذا الموضوع أو أي موضوع آخر من الموضوعات المتعلقة بالأحداث الجارية في الشرق الأوسط يعتبر ملائماً لهذه المناسبة.

نرجو أن تجيبونا قريباً، لكي يتسنى لنا أن نعمل بالدعاية والترتيبات اللازمة.

لكم الشكر الجزيل سلفاً.

رئيس مناوب للنادي

التوقيع والختم

الاسم الكامل

نموذج

حفلة عشاء

تقيم ...... للأعضاء وضيوفهم الكرام حفلة عشاء ساهرة بمناسبة رأس السّنة الميلاديّة، وذلك في مساء يوم .... الموافق .... السّاعة ....

تباع التّذاكِر لدى .... هاتف .... حتى ظهر يوم ....

وكلّ عام وأنتم بخير.

نموذج

حفلة عشاء راقصة

يقيم نادي خريجي قسم اللّغة العربية من جامعة .... حفلة عشاء راقصة في .... وذلك في السّاعة .... من مساء يوم .... على ألحان فرقة .... الرّائعة (المشهورة). وذلك لأعضائه فقط.

سعر التّذكرة للشخص الواحد ....

للحجز يرجى الاتّصال بالسّيد (الآنسة) .... ت ....

الرّجاء عدم اصطحاب الأطفال.

نموذج

بشرى سارة

تعد .... رحلة إلى .... ، وقد تم حجز غرف الفندق من الدرجة الأولى مع ترتيب زيارة الأماكن الأثرية.

مدة الرحلة .... اعتباراً من .... يرجى من الزملاء الراغبين بالاشتراك في هذه الرحلة تسجيل أسمائهم لدى .... مع دفع مبلغ .... عن كل مشترك. آخر موعد لقبول التسجيل هو يوم.........

رئيس ....

(التوقيع والختم)

الاسم الكامل

نموذج

بسم الله الرّحمن الرّحيم

يسرّ اللّجنة الثّقافيّة بقسم اللّغة العربيّة دعوتكم للحضور والمشاركة في النّدوة المفتوحة عن:

قضية هِجْرة الأدمغة في العالم العربيّ

وذلك في تمام السّاعة السّادسة والنّصف من مساء يوم الأربعاء ٧ من ذي الحجّة ....هـ الموافق ٣ من مايو ....م بقاعة المحاضرات بمبنى المختبر في كلية اللّغات الأجنبيّة.

أمين اللّجنة الثّقافيّة

نموذج

(اسم جامعة)

كلية اللّغات الأجنبيّة

إعلان

إلى طلاب قسم اللّغة العربيّة (جميع الفصول)

الموضوع : الاستماع إلى المحاضرة الّتي يلقيها الدكتور ....

يطلب إلى جميع الفصول من الطّلاب المسجّلين في قسم اللّغة العربيّة الاستماع إلى المحاضرة الّتي يلقيها الدّكتور .... عميد كليّة الآداب والعلوم الإنسانيّة، وموضوعها حول اللّغة العربيّة المعاصرة، وذلك للأهميّة.

ملاحظة: إنّ المحاضرة سوف يسأل عنها جميع طلاب القسم في كل الصفوف وذلك في الامتحانات النهائيّة.

المكان: الطّابق الثّامن من مبنى الإدارة.

الوقت: يوم الخميس في ١٦ أيار ....م الموافق ....هـ، السّاعة السّابعة والنّصف مساءً.

التّاريخ: رئيس قسم اللّغة العربيّة

                                               التّوقيع والختم

                                               الاسم الكامل

الإمارات العربية المتحدة
وزارة التربية والتعليم

إعـــلان هام

تعلن وزارة التربية والتعليم عن انتقال مركز سعادة المتعاملين في أبوظبي من مقره السابق الكائن في البرج الدولي إلى مقره الجديد في برج أبوظبي – 1 (AD One). وتهيب الوزارة بالسادة المتعاملين التوجه إلى مقر المركز الجديد الواقع في منطقة السفارات شارع (33).

للمزيد من المعلومات والاستفسارات، يرجى التواصل مع الوزارة عن طريق الهاتف على الرقم: 80051115 أو إرسال بريد إلكتروني على: info_hea@moe.gov.ae

للحصول على خريطة الموقع الجديد لمركز سعادة المتعاملين، تفضلوا بزيارة الموقع الإلكتروني للوزارة

@MOEducationUAE
www.moe.gov.ae

إعلان للطلبة الجدد ...

تهنئ عمادة شؤون الطلبة أبنائها الطلبة قبولهم بالجامعة الأردنية وتتمنى منهم تعبئة بطاقة أحوال الطالب ورفع الصورة الشخصية على الرابط التالي:

juwebstcard.ju.edu.jo/webstcard

ملاحظة: يرجى متابعة موقع الجامعة الإلكتروني أو موقع عمادة شؤون الطلبة الإلكتروني لمعرفة موعد استلام الهوية الجامعية.

رسائل طلبات الوظائف أو الالتحاق بالجامعات
أو التزويد بالوثائق

تعبر رسالة الطلب أولاً عن رغبة المقدم في الحصول على وظيفة محددة أو على قبوله في حقل محدد أو على وثيقة محددة، ومدى حماسته لنيلها. ثم تبين المعلومات الشخصية الأساسية من اسم كاتب الطلب وعمره وجنسيته والوضع العائلي (اختياري) والحالات المتعلقة بشخص الكاتب من الشهادات التي يحملها ونوع خبرته والشركات التي عمل فيها وعناوين المقالات أو الكتب التي ألفها أو ترجمها .... إلخ. ويفضل أن ترتب هذه المعلومات ترتيباً زمنياً، يبدأ من آخر وظيفة أو آخر الجامعة التي تخرج فيها، ويعود تدريجياً إلى الوراء حتى أول وظيفة شغلها أو أول مدرسة درس فيها.

يجب أن تتضمن هذه المعلومات لمحة عامة مشوقة عن عناصر شخصية الكاتب تجنباً من السرد الجاف.

طلبات الالتحاق بالجامعات والمعاهد

نموذج

(اسم مدينة) في ....

سعادة عميد كلية .... المحترم

السلام عليكم ورحمة الله وبركاته:

يسرني أن أخبركم بأنني طالب .... (جنسية) في السنة الرابعة من قسم اللغة العربية في جامعة .... (اسم مدينة، اسم دولة). ومن المتوقع أن أتخرج في حزيران ....م. إني أرغب في متابعة دراستي العليا في كليتكم، وأرجو أن تزودوني بالشروط المطلوبة التي تطلبون توفرها لقبولي فيها.

وأحب أن أشير إلى أنني كنت في عداد العشرة بالمائة الأوائل في صفي خلال السنوات الماضية، وأرفق مع رسالتي هذه نسخة أصلية من سجلي الدراسي تبين العلامات التي أحرزتها (نلتها) في القسم من سنة ....م حتى ....م.

أرجو أن أتلقى جوابكم الإيجابي في قريب عاجل.

لكم جزيل الشكر.

مقدم الطلب

العنوان:

التوقيع

الاسم الكامل

نموذج

لقد تخرجت في السنة الماضية من جامعة .... في .... بشهادة بكالوريوس (ليسانس) في اللغة العربية وآدابها بدرجة جيدة جداً، وفي العام الحالي أقوم بواجبي في الخدمة الإجبارية. وإنني أفكر في تقديم طلب انتساب إلى جامعتكم في السنة الدراسية القادمة ....م لكي أحضر برنامج شهادة الماجستير في حقل الأدب العربي المعاصر. فأرجو التكرم بأن ترسلوا لي الاستمارات اللازمة لتقديم الطلبات والمعلومات التي قد تجدونها ذات صلة بهذا الحقل.

وتجدون طيه نبذة عن سيرتي الذاتية ومؤهلاتي العلمية، وسأرسل لكم قريباً سائر الوثائق الضرورية الأخرى بما فيها رسائل التوصية (التزكية) من أساتذتي حسب شروطكم.

تفضلوا بقبول فائق الاحترام

اسم ....

تاريخ الطلب ....

رقم الهاتف ....

العنوان البريدي ....

العنوان الإلكتروني ....

التوقيع ....

نموذج

بسم الله الرحمن الرحيم

حضرة السيد المسجل المحترم

الجامعة الأردنية / عمان

تحية طيبة وبعد:

يسرني أن أعلمكم بأنني طالبة .... (جنسية)، وقد تخرجت في العام الماضي من .... (اسم جامعة) في .... (اسم مدينة واسم دولة) بشهادة بكالوريوس (الليسانس) في اللغة العربية وثقافتها بتقدير جيد جداً. وفي العام الحالي أتابع دراستي في الأردن في بعثة دراسية على نفقة الحكومة الأردنية، وقد مضت علي سنة دراسية واحدة في معهد المعلمات بـ.................

إني لأرغب في الحصول على فرصة أوسع لإتمام دراستي العليا، وآمل في الالتحاق بجامعتكم الموقرة للسنة الدراسية القادمة ....م لكي أحضر برنامج شهادة الماجستير في حقل ....

وأرفق مع هذه الرسالة نسخة من شهاداتي العلمية، ونسخة من سجلي الدراسي تبين النتائج التي نلتها في .... (اسم جامعة) (من سنة .... م حتى ....م) وشهادتي من معهد المعلمات بـ.................، وإني مستعدة لأن أرسل لكم ما تطلبونه من الوثائق الأخرى، أتمنى أن تحظى رسالتي هذه باهتمامكم، وسوف أكون سعيدة لاستلام موافقتكم على التحاقي في الجامعة في أقرب فرصة ممكنة.

وتفضلوا بقبول فائق الاحترام،

مقدمته

فلانة

ص.ب. ....

جبل عمان / عمان

التوقيع

نموذج

بيروت في ....

سعادة الدكتور عميد كلية الحقوق بالجامعة اللبنانية المحترم

تحية طيبة وبعد:

يسرني أن أعلمكم بأني الطالب .... (فلان) .... (الجنسية)، أرغب في الالتحاق بكلية الحقوق بجامعتكم الموقرة قسم العلاقات الدولية، حيث إني تخرجت في .... (اسم جامعة) قسم اللغة العربية في سنة ....م، وكذلك أكملت دراستي بمعهد الشرق الأوسط للدراسات العربية في الشهر الماضي، وجميع شهاداتي مرفقة مع رسالتي هذه.

إن رغبتي في الالتحاق بكليتكم العامرة قوية، لذا فإني آمل في أن تقبلوا طلبي هذا.

شكراً جزيلاً لكم سلفاً.

المقدم

الطالب ....

تاريخ الطلب ....

رقم الهاتف ....

العنوان البريدي ....

العنوان الإلكتروني ....

نموذج رسالة التوصية

القاهرة في ....

سعادة عميد .... المحترم

تحية طيبة وبعد:

يسعدني أن أزكي لكم السيد .... الذي قدم لكم طلباً للحصول على قبوله في حقل .... من كليتكم الموقرة لنيل شهادة ....

لقد كان السيد .... واحداً من طلابي، أولاً في مادة .... سنة .... ثم في مادة .... سنة .... وكان فيهما من المتفوقين، كما نال علامات عالية في المواد الأخرى.

لقد عرفته من خلال اشتراكنا في النشاطات الجامعية أنه طيب الخلق، مرح الروح. وأشير إلى أنه من أذكى طلابنا، وأكثرهم مثابرة، ولذا فهو جدير بالتوصية وأني آمل أن تقدروا مزاياه.

تفضلوا بقبول احترامي وتقديري

المخلص

الأستاذ المشارك / جامعة القاهرة

التوقيع

الدكتور ....

بعض العبارات المستعملة في طلبات الالتحاق بالجامعات والمعاهد

أتوقع أن أتخرج في جامعة .... في نهاية السنة الدراسية القادمة (حزيران ....م).

أرجو أن ترسلوا لي دليل جامعتكم الذي يقدم معلومات عامة عن مناهجكم ومقرراتكم وشهاداتكم.

هل يمكنني أن أحصل على مساعدة مالية (منحة دراسية) من الجامعة ؟

إني ألتمس طلب قبولي في قسم الدراسات العليا في كلية ....

أكتب لكم لأعبر عن رغبتي الشديدة في الدخول إلى .... في السنة الدراسية القادمة التي تبدأ في أيلول (سبتمبر) ....م.

آمل أن يصبح ملفي كاملاً لديكم قبل الموعد المحدد للقبول.

أعرف اللغة العربية معرفة جيدة وأتكلمها بطلاقة.

المهنة التي أنوي ممارستها بعد إتمام دراستي هي مهنة التدريس.

إن أختي هي إحدى خريجاتكم (دكتوراه سنة ....م).

إن منحتي تشمل نفقة السفر من .... والعودة بالطائرة ورسوم الجامعة بالإضافة إلى مخصصات للكتب.

أرغب في أن أقدم طلب معونة مالية من صندوق ....

لغتي الأم هي الصينية.

الشهادة التي أنوي الدراسة لنيلها هي ....

أعتزم أن أتخصص في حقل ....

أبعث إليكم بنسخ مصدقة عن جميع شهاداتي العلمية.

سأرسل لكم نتائج الفحص الطبي في أقرب فرصة ممكنة.

وأكتب على ورقة منفصلة مشروع بحثي.

لقد ملأت استمارة طلب القبول وأرسلتها بالبريد الجوي المضمون (المسجل).

أرسلت لكم في مغلف آخر سيرتي الذاتية تتضمن شرحاً لنشاطاتي ومؤلفاتي.

الجمهوريـــة الجزائريـــة الديمقراطيـــة الشعبيـــة

REPUBLIQUE ALGERIENNE DEMOCRATIQUE ET POPULAIRE

وزارة التعليم العالي والبحث العلمي
جامعة محمد الصديق بن يحيى- جيجل
نيابة مديرية الجامعة للتكوين العالي في الطورين الأول و الثاني والتكوين المتواصل والشهادات و التكوين العالي في التدرج
مصلحة الشهادات والمعادلات

MINISTERE DE L'ENSEIGNEMENT SUPERIEUR
ET DE LA RECHERCHE SCIENTIFIQUE
Université Mohamed Seddik BENYAHIA - JIJEL
VICE-RECTORAT DE LA FORMATION SUPERIEURE
DU PREMIER ET DEUXIEME CYCLE,
LA FORMATION CONTINUE ET LES DIPLOMES, ET LA
FORMATION SUPERIEURE DE GRADUATION
SERVICE DES DIPLOMES ET DES EQUIVALENCES

إستمارة معلومات الطالب الجديد
للسنة الجامعية 2017/2016

أنا الممضي(ة) أسفله ،

اللقب:.................................الاسم:.................................

تاريخ الميلاد:.................. مكان الميلاد:.................. ولاية:..................

الجنسية الحالية:...

العنوان الكامل:...

رقم الهاتف:...

البريد الإلكتروني:...

<u>معلومات خاصة بشهادة البكالوريا</u>

شعبة البكالوريا:.................. المعدل العام:.................. الملاحظة:..................

رقم التسجيل:.................. سنة الحصول عليها:.................. بولاية:..................

رمز الولاية:..................

<u>معلومات خاصة بشعبة التسجيل</u>

☐ توجيه مباشر ☐ توجيه بعد الطعن ☐ تحويل

ميدان أو فرع التوجيه:.................................. الرمز ....

- الإسم و اللقب بالحروف اللاتينية:..
- أشهد بصحة المعلومات المدونة أعلاه.

التاريخ:..................................

إمضاء المعني:

AU
Averroes University/Holland
جامعة ابن رشد\ هولندا
Het Europees Instituut voor Arabische Studies
المعهد الأوروبي العالي لدراسات العربية
Averroes University Holland
Brahmalaan 18, 3772 PZ , Barneveld, The Netherlands Tel.Mob. 0031 6 17 88 09 10 Tel. 0031 342 84 6411
Website: www.averroesuniversity.org E-mail: info@averroesuniversity.org

Datum : 00 – 00 - 2014
Ref.Nr. :

نموذج طلب الالتحاق بدراسة البكلوريوس \ الماجستير

عزيزتي الطالبة.. عزيزي الطالب ؛ لكي يتم النظر في الطلب، برجاء الإجابة عن جميع الأسئلة بدقة و وضوح و إرسال الوثائق الآتية مع الطلب:

* صورة مصدقة من شهادتي الثانوية العامة (الإعدادية) والبكلوريوس في حال التقدم لدراسة الماجستير
* صورة عن إثبات الشخصية (الهوية الشخصية (الجنسية)، جواز السفر،..).

البيانات الشخصية

الاسم باللغة العربية	**الأول**	**الأب**	**الجد**	**اللقب**
الاسم بالحرف اللاتيني (الإنجليزي)	**Surname**	**G.Father**	**Father**	**First**
الرقم المدني				
تاريخ الميلاد ومكانه				
الجنسية				
الجنس	ذكر	أنثى		
رقم الهاتف مع الكود الدولي		**رقم الفاكس**		
بلد الإقامة		**المدينة**		
البريد الألكتروني				
عنوان السكن				
هل لديك عمل حاليا؟ ما نوعه؟				
هل لديك كومبيوتر في المنزل وخط إنترنت؟	نعم	لا		
هل يتطلب حصولك على فيزا في حال توجهك لبلد مقر الجامعة (هولندا)؟ يُرجى تذكر أنه إذا كانت إجابتك بنعم؛ فحصولك على الفيزا من مسؤوليتك الخاصة	نعم	لا		

KvK 08189752 BTW-idNo.NL242123028B01 Account No. 489607721 ABN AMRO

جامعة ابن رشد\ هولندا
Averroes University/Holland
المعهد الأوروبي العالي لدراسات العربية
Het Europees Instituut voor Arabische Studies

Brahmalaan 18, 3772 PZ , Barneveld, The Netherlands Tel.Mob. 0031 6 17 88 09 10 Tel. 0031 342 84 6411
Website: www.averroesuniversity.org E-mail: info@averroesuniversity.org

Datum : 00 – 00 - 2014
Ref.Nr. :

المؤهلات العلمية التي تحملها:

الجامعة \ الكلية	
اسم الجامعة/الكلية	
التخصص (بكلوريوس) في	
النسبة المئوية(المعدل)	
سنة التخرج	
الدولة التي حصلت على الشهادة منها	
الشهادة المدرسية	
اسم المدرسة الثانوية واسم المدينة	
التخصص الدراسي (أدبي، علمي، مهني: صناعي، زراعي، تجاري)	
النسبة المئوية(المعدل)	
سنة التخرج	
الدولة التي حصلت على الشهادة منها	
الرغبات المطلوبة	
التخصص المطلوب حسب الأولوية	
1	
2	

العام الجامعي الذي ترغب بدء الدراسة فيه: هل لديك أية ملاحظات أخرى ترغب في إضافتها؟

....

....

أنا الموقّع في أدناه أقر بأن المعلومات الواردة في هذا الطلب صحيحة؛ وأتعهد بتحمل المسؤولية الناجمة عن أية مخالفة في صحة المعلومات الواردة. وقد تقدمت للانتساب بعد اطلاعي على المعلومات الضرورية لمحددات القبول وشروطه في جامعة ابن رشد مؤكدا قبولي بها عند إعلان تسجيلي رسميا.

التوقيع التاريخ

يُرسل الطلب إلى عنوان الجامعة الرسمي المثبت في أعلى الصفحة

شكرا لاختياركم الالتحاق بجامعة ابن رشد في هولندا

2

KvK 08189752 BTW-idNo.NL242123028B01 Account No. 489607721 ABN AMRO

بسم الله الرحمن الرحيم

KINGDOM OF SAUDI ARABIA
Ministry of Higher Education
Al-Imam Muhammad Ibn Saud
Islamic University
Deanery of Admissions & Registration

المملكة العربية السعودية
وزارة التعليم العالي
جامعة الإمام محمد بن سعود الإسلامية
عمادة شؤون القبول والتسجيل

الرقم :ق.ت .... التاريخ : ١٦/ ٢ / ١٤ هـ   المشفوعات : ....

المكرم الطالب /

< 附件 ١ >   المحترم

سلام عليكم ورحمة الله وبركاته . . .   أما بعد :

فنفيدكم أنه تم قبولك للدراســة في معهد تعليم اللغة العربية (قسم الاعداد اللغوي) بجامعة الإمــام محمد بن سعود الإسلامية في الفصل الدراسي الثاني من العام الجامعي   ١٤/ . . .   ١٤ هـ .

لذا نأمل منكم مـراجعة السفـارة السعـودية في تأيييه لأخذ تأشيرة دخول للمملكة حتى تـتمكن من الحضور لمباشرة الدراسة في موعد أقصاه ١٣/ ٣ / ١٤ هـ الموافق ٢٧/ ٢ / ٢٠   م مصطحباً المستندات التالية :

١- موافقة حكومة بلدك على دراستك بالجامعة .

٢- تقرير طبي يفيد بسلامتك من الأمراض المعدية وقدرتك على الدراسة .

٣- الشهادة الثانوية (الأصل) معتمدة من الجهات المعنيـة ومصدقة من السفارة السعودية في بلـدك أو أقرب سفارة سعودية إن لم يكن في بلدك سفارة سعوديــة .

٤ - شهادة حسن السيرة والسلوك .

٥- عدد ٦ صور شخصية مقاس ٤ × ٦

والله الموفق . . . .

عميد شؤون القبول والتسجيل

د. سعد بن

ص . ب : ٥٧٠١   الرياض: ١١٤٣٢ هاتف : ٢٥٨٠٦١٧ فاكس : ٢٥٩٠٢٧٢
البريد الإلكتروني   Imam adm @ hot mail. com

إعلان عن وظائف شاغرة (طلب موظفين)

نموذج

شركة عالمية في جدة، طريق حمدان في حاجة إلى موظفة استقبال تجيد اللغة العربية والصينية، حسنة المظهر، لديها الخبرة في التعامل وحسن استخدام الكمبيوتر. مواعيد العمل من ٨-٥، خمسة أيام في الأسبوع. الراتب حسب الكفاءة والخبرة. (أو قابل للتفاوض)

ترسل الطلبات إلى فاكس .... أو ص. ب. .... جدة، العنوان الالكتروني ....

نموذج

شركة تجارية عالمية بـ................ (اسم مدينة) في حاجة إلى مترجم، ويفضل من لديه خبرة في الترجمة من الصينية إلى العربية والإنجليزية والعكس. الراتب قابل للتفاوض حسب السن والخبرة. ترفق بالطلبات صور من شهادات المؤهلات العلمية والخبرات السابقة، وعدد ٢ صورة شخصية حديثة. وسيرة ذاتية مفصلة باللغتين العربية والإنجليزية.

ترسل الطلبات بالبريد على ص. ب. ....، العنوان الالكتروني ....، أو تسلم باليد يومياً بقسم شؤون الموظفين بالشركة.

آخر موعد لتلقي الطلبات يوم .... / .... / ....م.

نموذج

مطلوب للعمل فوراً مرافق سفريات ـ الأفضلية لمواطني جمهورية ....

على من يرغب في التقدم لهذه الوظيفة أن تتوفر فيه الشروط التالية:

- يتراوح العمر من ٢٥ إلى ٣٥ عاماً.

- تكون لديه خبرة لا تقل عن ٣ سنوات.

- الأمانة والإخلاص والجدية في العمل.

- إجادة اللغتين الصينية والعربية تحدثاً وكتابة وقراءة ويفضل من يتحدث الإنجليزية أيضاً.

- خبرة طويلة في عمل حجوزات الطيران والفنادق وتأجير السيارات.

- ظروفه العائلية تمكنه من السفر والتنقل المستمر.

- يفضل من سبق له السفر إلى دول عربية.

راتب مغريّ + عمولة + ميزات أخرى

ترسل الوثائق والمستندات مع طلب خطي إلى العنوان التالي: ....

الملاحظة : لن يلتفت لأي الطلبات التي لا تنطبق عليها الشروط.

نموذج رسالة طلب وظيفة مترجم

يوم .... / .... / ....م

سعادة مدير شركة .... المحترم

تحية واحتراماً وبعد:

اطلعت في جريدة .... على إعلان بتاريخ .... ذكرتم فيه أنكم بحاجة إلى مترجم يعمل بشركتكم العامرة، وبما أن الشروط التي تطلبونها تنطبق علي، فألتمس من سعادتكم قبول طلبي ضمن المتقدمين لهذه الوظيفة. وأرفق مع طلبي هذا شهاداتي الجامعية والدبلوم العالي الذي حصلت عليه من معهد مونتري في دورة مكثفة لتدريب طرائق ترجمة اللغة العربية، وأوراق خبرتي السابقة.

إني مستعد لأداء الامتحان، أو التحدث معكم شخصياً، والأمر لكم.

وتفضلوا بقبول فائق احترامي وتقديري

مقدم الطلب

أحمد قاسم

ص. ب. ....

العنوان الالكتروني ....

نموذج رسالة طلب وظيفة السكرتيرة الإدارية

(اسم مدينة) في ....

سعادة مدير شؤون الموظفين في شركة ....

تحية طيبة وبعد:

يسرني أن أتقدم لوظيفة السكرتيرة الإدارية الشاغرة، والمعلن عنها في عدد اليوم من جريدة .... أنا .... (الجنسية) واسمي ....، وعمري .... سنة وقد تلقيت دروسي في كلية إدارة الأعمال العامة في جامعة ....، كما درست اللغة العربية في نفس الجامعة.

لقد حضرت عدة دورات للاطلاع على علوم الكمبيوتر، تعلمت كيفية استخدام ويندوز العربي وغيرها من أنظمة ميكروسوفت، كما تدربت في دورة السكرتيرية في كل الواجبات والمسؤولية المتعددة التي تتولاها السكرتيرة الجيدة.

وقد عملت في ثلاث السنوات الأخيرة في شركة .... بمكتبها في .... (اسم مدينة)، وأني واثقة من أن عملي كان أكثر من مرض. ولأني أود أن أزيد خبرتي. ونظراً لأن الشروط التي أعلنتم عنها تشتمل على راتب أكبر وإمكانات للتقدم والتحسن، فأني آمل أن تنظروا في طلبي هذا بالعناية والاعتبار.

يسعدني أن أحضر لإجراء مقابلة معكم في أي وقت يناسبكم، لا سيما أن أرباب عملي الحاليين وعدوني بأن يزودوني بشهادة خبرة.

تفضلوا بقبول فائق الاحترام والتقدير

مقدمة الطلب

نموذج رسالة طلب وظيفة باحث تسويقي

قرأت في عدد اليوم من جريدة .... أنكم تبحثون عن باحث تسويقي. إنه لا يمكنني أن أتخيل وظيفة أروع من البحث التسويقي في شركة شهيرة مثل شركتكم. وإني أعتبرها فرصة عظيمة لي، لأني شاب في .... من العمر، جذاب المظهر، أنسجم مع الناس وأمتاز باللباقة والظرف، كما أنني محب للبحث والاستطلاع وذو عقل تحليلي.

لقد تخصصت في الإعلان والتسويق في معهد .... الذي تخرجت فيه في شهر حزيران الماضي عام ....م، ولدي رسائل توصية من أساتذتي، وآمل أن تتاح لي الفرصة لاطلاعكم عليها.

شكراً لكم والسلام عليكم ورحمة الله وبركاته

المقدم المخلص

نموذج رسالة طلب وظيفة مدرّسة اللغة العربية

الرياض في ....

سعادة مديرة مركز تعليم اللغة العربية / معهد الدراسات الإفريقية الآسيوية / نيروبي، كينيا

تحية طيبة وبعد:

اطلعت على الإعلان في العدد الأخير من مجلة الأديب، ذكرتم فيه أنكم بحاجة إلى مدرسة تعمل بتدريس اللغة العربية لغير الناطقين بها. لقد عملت بهذه الصفة طوال الأربع سنوات الأخيرة من .... (اسم دولة) وماليزيا، سنتان لكل منهما، وكلاهما مستعدتان أن تشهدا على فاعليتي وكوني متفائلة.

أنا .... (الجنسية)، واسمي ....، وعمري .... سنة، أحمل شهادة بكالوريوس في الأدب العربي من جامعة .... ودبلوماً عالياً في طرائق تعليم اللغة العربية لغير الناطقين بها من معهد اللغة العربية التابع لجامعة الملك سعود (جامعة الرياض سابقاً)، وإنني الآن أشترك في دورة تدريب مدرسين أثناء الخدمة. كما أجيد اللغة الإنجليزية أيضاً وقد نلت معدلاً عالياً في امتحان اللغة الإنجليزية للطلاب الأجانب.

رجائي أن توجهوا اهتمامكم وعنايتكم إلى نشاطاتي المتنوعة ـ في الدراسة وفي التدريس وفي أسفاري الواسعة. ـ المبينة في الموجز المرفق بهذه الرسالة، وهي توضح لكم السبب الذي يجعلني واثقة من جدارتي ومرونتي وقدرتي على التكيف، وتبين لكم مؤهلاتي الأخرى التي أريد استخدامها في عملي في مركزكم.

وبعد، أرجو أن تخبروني جوابكم قريباً، وشكراً لكم.

والسلام عليكم ورحمة الله وبركاته

مقدمة الطلب المخلصة

(الآنسة) ....

....

شهادات الخبرة (المؤهلات)

نموذج (١)

إلى من يهمه الأمر

إن السيد / (السيدة) .... قد شغل وظيفة .... في هذه الشركة منذ سنة .... وقد برهن دائماً على أنه رجل نشيط وجدير بالثقة وعلى أنه موظف قدير ومخلص.

لقد ترك السيد / (السيدة) .... عمله عندنا بمطلق إرادته وأني أوصيكم به خير توصية دون أي تحفظ بالنسبة لأية وظيفة مماثلة.

من مدير شؤون الموظفين لشركة ....

نموذج (٢)

عمان في ....

حضرة مدير شركة ....   خاص وسري

تحية طيبة وبعد:

يسرني أن أقدم لكم شهادة الخبرة هذه باسم الآنسة .... التي عملت لدينا مدة .... وكنت طوال هذه المدة أراها مخلصة وذكية ونشيطة ومثابرة، كما كانت منسجمة تماماً في علاقاتها مع سائر موظفي هذه المؤسسة.

إني لآسف جداً لمغادرتها مؤسستنا، وإني أوصّيكم بها بثقتي التامة، وأتمنى لها حظاً سعيداً في عملها الجديد.

تفضلوا بقبول احترامي وتقديري

المدير العام لمؤسسة ....

الخاتم والتوقيع

بعض العبارات المستعملة في رسالة طلبات الوظائف

إني أتقدم لطلب وظيفة مختزلة وضاربة على الآلة الكاتبة.

سرعتي في الاختزال هي ٩٠ كلمة في الدقيقة والضرب على الآلة الكاتبة هي ٥٠ كلمة في الدقيقة. إنني واثق بأنه في إمكاني أن أعمل عملاً مخلصاً ينال رضاكم.

أعتني بأمور المكتب الروتينية بفعالية، وأن تجاربي في العمل سوف تساعدني على التكيف بسرعة مع متطلبات مكتبكم.

إن دروس إدارة الأعمال ذات الاختصاص العالي التي تلقيتها في معهد .... وظائفي الأخيرة قد وفرت لي مهارة فائقة.

أكتم قضايا العمل وشؤونه.

أقابل جمهور الزبائن شخصياً أو هاتفياً بطريقة تخلق الارتياح والمودة.

أنهيت دراستي .... في سنة ....، ثم عملت منذ ذلك الحين في شركة ....

لكي تتحققوا من مؤهلاتي تحققاً أوفى، فأني أحيلكم على الأشخاص التالين الذين سمحوا لي بذلك .

إني لن أكون بحاجة إلى تمرين أو صقل حتى أتمكن من تقديم خدمة جيدة لشركتكم وتنال رضاكم.

إن رغبتي في العمل لأجلكم ولأجل زبائنكم مقترنة بقدرتي على أن أخدمكم بصورة مرضية.

إن الجهد الذي أبذله عادة يفوق مجرد مقتضيات الواجب.

آمل أن تسمحوا لي بأن أعبر لكم شخصياً عن اهتمامي بمهنة ....

أرجو أن تتصلوا بي لتعلموني عن رغبتكم في أن آتي إلى مكتبكم لإجراء المقابلة.

إني أعتقد أنها مؤهلة تماماً للعمل.

إن شخصيتها عذبة ومظهرها اللطيف ترتدي ثياباً مرتبة ومناسبة.

إنه قام بواجباته بدقة وجدارة.

إن الصفات التي تطلبها شركتكم تتوفر في الآنسة ....

أعتقد أنه سيثبت لكم بأنه ....

إن الآنسة .... سكرتيرة ممتازة وفعالة وديناميكية ولبقة.

أنا واثق بأنك ستجده خير مساعد لك، وعلى مستوى عال من المسؤولية.

طلب عمل

شـاب 5 سنـوات فـي الـدولـة تخليص أدخـال بيانات وكمبيوتر وخدمة عملاء
0508900536 (9-10)

شاب مصري محاسب خبرة ثلاث سنوات في مجال المحاسبة والبرامج زيارة للاتصال ت
0543203369 (12-10)

محاسب اردني خبرة ١٥ عام في كل المجالات المالية اعمل حاليا بهيئة شبه حكومية في ابوظبي. 0567681759 (12-10)

معلم كريب حلو و مالح و وافـل و جريل و سندوتشات و اكل مصري خبرة بالدولة ابحث عن عمل او ممول مشروع Zizo.crepe. انستقرام 0553559925
uae (12-10)

سوداني مقيم بكالوريوس انجليزي وشهادة CIPD وكمبيوتر وليسن خبره بالدوله
0566674235 (12-10)

---

uae (18-10)

شاب مصري خبرة 5 سنوات بالدولة يحمل رخصة قيادة يبحث عن عمل. للاتصال:
0552548099 (30-10)

محاسب اردني خبرة ١٥ عام في كل المجالات المالية اعمل حاليا بهيئة شبه حكومية في ابوظبي. 0567681759 (19-10)

شاب مصري مندوب مبيعات مؤهل عالي خبر 11 عاماً بالخليج ومصر يجيد الكمبيوتر ولديه ليسن يطلب عملاً مناسباً للاتصال: 0544238291 (21-10)

مهندس مساحة + خبرة يبحث عن عمل مناسب للاتصال: 0559389590 (21-10)

سائق مصري ليسن خفيف وخبرة في طرق الدوله 4 سنة. 0526757279 (19-10)

مدير عام أو تنفيذي ماجستير إدارة الأعمال خبرة 15 سنه في شركات كبرى ت
0502203700 (20-10)

اردني خبرة في التحرير الصحفي والتقارير الاخبارية والمصورة 0543426511 (20-10)

محاسبه مقيمه خبره بالمقاولات والمشتريات .. برامج.. ليسن .. ت: 0525864081 (20-10)

محاسب مصري خبرة 8 سنوات بالدولة U.A.E إقامة قابلة للتحويل
0503446009 (26-10)

علي كفالة زويه تبحس عـن عمل
/0559801896 (13-10)

We provide part time income
0554555196 (13-10)

شاب سوداني خريج الهند امن وسلامه وإداره وكمبيوتر. يطلب عمل مناسب..
0544688387 (13-10)

شاب سوداني، خبرة بالدولة، خدمة عملاء، إدارة، إنجليزي اردو ت:0508801744
(14-10)

محاسبه مقيمه خبره بالمقاولات والمشتريات .. برامج.. ليسن .. ت: 0525864081
(14-10)

مصرى ليسانس قانون جامعة الازهرخبرةبالمكتبات والمخازن
0555574340 (14-10)

مستشار قانوني وعلاقات عامه خبره يبحث عن عمل مناسب. 0568326557 (14-10)

الاعلانات المبوبة

عقد نموذج (1)

الهيئة العامة للقوى العاملة
The Public Authority For Manpower

نموذج عقد عمل إسترشادي
في القطاع الأهلي

دولة الكويت
الهيئة العامة للقوى العاملة / إدارة عمل ....
إنه في يوم .... الموافق / / تحرر هذا العقد بين كل من :-

1-شركة / مؤسسة .... ويمثلها في التوقيع على العقد
الاسم
رقم مدني
" طرف اول "

2-الاسم:
الجنسية:
رقم مدني:
الإقامة:
" طرف ثان "

تمهيد

يمتلك الطرف الأول منشأة باسم .... تعمل في مجال ...... ويرغب في التعاقد مع الطرف الثاني للعمل لديه بمهنة ....
وبعد أن أقر الطرفان بأهليتهما في إبرام هذا العقد تم الاتفاق على ما يلي :

البند الأول

يعتبر التمهيد السابق جزء لا يتجزأ من هذا العقد .

البند الثاني
" طبيعة العمل "

تعاقد الطرف الأول مع الطرف الثاني للعمل لديه بمهنة ...... داخل دولة الكويت

البند الثالث
" فترة التجربة "

يخضع الطرف الثاني لفترة تجربة لمدة لا تزيد عن 100 يوم عمل ، ويحق لكل طرف إنهاء العقد خلال تلك الفترة دون إخطار .

البند الرابع
" قيمة الأجر "

يتقاضى الطرف الثاني عن تنفيذ هذا العقد أجرا مقداره .... دينارا يدفع في نهاية كل ...... ، ولا يجوز للطرف الأول تخفيض الأجر أثناء سريان هذا العقد . ولا يجوز نقل الطرف الثاني إلى الأجر اليومي دون موافقته .

البند الخامس
" نفاذ العقد "

يبدأ نفاذ العقد إعتبارا من --/--/---- ويلتزم الطرف الثاني بالقيام بأداء عمله طوال مدة نفاذه

البند السادس
" مدة العقد "

-هذا العقد محدد المدة ويبدأ إعتبارا من --/--/--- ولمدة ...... سنوات ، ويجوز تجديد العقد بموافقة الطرفين لمدد مماثلة بحد أقصى خمس سنوات ميلادية

1

ملاحظة/ هذا النموذج يعد نموذجا إسترشاديا لشروط وأحكام عقد العمل في القطاع الأهلي . ويحق لكل شركة إعداد نموذج مماثل له على المطبوعات الخاصة بها شرط أن يتضمن كافة الأحكام والشروط الواردة بهذا النموذج .

- هذا العقد غير محدد المدة ويبدأ إعتبارا من ـــ/ـــ/ ـــــ .
* إعتبار العقد محدد المدة أو غير محدد المدة يخضع إختياره لإرادة الطرفين .

البند السابع
" الاجازة السنوية "

للطرف الثاني الحق في إجازة سنوية مدفوعة الأجر مدتها ـــــ يوما ، ولا يستحقها عن السنة الأولى إلا بعد انقضاء مدة تسعة أشهر تحسب من تاريخ نفاذ العقد .

البند الثامن
" عدد ساعات العمل "

لا يجوز للطرف الأول تشغيل الطرف الثاني لمدة تزيد عن ثماني ساعات عمل يوميا تتخللها فترة راحة لا تقل عن ساعة باستثناء الحالات المقررة قانونا .

البند التاسع
" قيمة تذكرة السفر "

يتحمل الطرف الأول مصاريف عودة الطرف الثاني إلى بلده عند إنتهاء علاقة العمل ومغادرته نهائيا للبلاد.

البند العاشر
" التأمين ضد إصابات وأمراض العمل "

يلتزم الطرف الأول بالتأمين على الطرف الثاني ضد إصابات وأمراض العمل ، كما يلتزم بقيمة التأمين الصحي طبقا للقانون رقم (1) لسنة 1999 .

البند الحادي عشر
" مكافأة نهاية الخدمة "

يستحق الطرف الثانى مكافأة نهاية الخدمة المنصوص عليها بالقوانين المنظمة

البند الثانى عشر
" القانون الواجب التطبيق "

تسري أحكام قانون العمل فى القطاع الأهلى رقم 6 لسنة 2010 والقرارات المنفذة له فيما لم يرد بشأنه نص فى هذا العقد ، ويقع باطلا كل شرط تم الإتفاق عليه بالمخالفة لأحكام القانون ، ما لم يكن فيه ميزة أفضل للعامل .

البند الثالث عشر
"شروط خاصة "

1 ــــــــــــــ
2ــــــــــــــ
3ــــــــــــــ

البند الرابع عشر
" المحكمة المختصة "

تختص المحكمة الكلية ودوائرها العمالية طبقا لأحكام القانون رقم 46 لسنة 1987 ، بنظر كافة المنازعات الناشئة عن تطبيق أو تفسير هذا العقد .

البند الخامس عشر
" لغة العقد "

حرر هذا العقد باللغتين العربية وـــــــ ، ويعتد بنصوص اللغة العربية عند وقوع أى تعارض بينهما .

البند السادس عشر
" نسخ العقد "

حرر هذا العقد من ثلاث نسخ بيد كل طرف نسخة للعمل بموجبها والثالثة تودع لدى الهيئة العامة للقوى العاملة .

الطرف الأول | الطرف الثانى

2

ملاحظة / هذا النموذج يعد نموذجا إسترشاديا لشروط وأحكام عقد العمل في القطاع الأهلي ، ويحق لكل شركة إعداد نموذج مماثلا له على المطبوعات الخاصة بها شرط أن يتضمن كافة الأحكام والشروط الواردة بهذا النموذج .

نماذج و قوالب

http://all-forms.blogspot.com/

"شروط العقد"

1- التعاقد مع السيد /   الحاصل على شهادة

للعمل في هذه الشركة /   بصفة (   ) واعتباراً من تاريخ المباشرة في ولمدة سنة قابلة للتجديد .

2- يصرف للطرف الثاني اجراً شهرياً مقترحاً قدره (   ) فقط   دولار لا غير .

3- يخضع الطرف الثاني لفترة تجربة مدتها ثلاثة اشهر اعتباراً من تاريخ مباشرته بالعمل .

4- يحق للطرف الاول انهاء العقد عند انتفاء الحاجة لخدمات الطرف الثاني او في حالة ثبوت عدم كفاءته او مقدرته او لمخالفته وعدم التزامه بضوابط الدوام والتعليمات واخلاقيات العمل وبدون أي تعويض عدا مستحقاته .

5- تكون ساعات العمل المطلوب (48) ساعة اسبوعيا وبمعدل (8) ساعات يومياً . ويستحق الطرف الثاني اجوره عن ساعات عمله الاضافية في حالة قيامه بالعمل بعد اوقات الدوام الرسمي او ايام الجمع والعطل الرسمية وبموجب امر اداري .

6- يعتبر كل انقطاع عن العمل ليوم واحد غياب ويعاقب بيومان قطع الاجر , ويحق للطرف الاول انهاء العقد في حال تجاوز فترة غياب الطرف الثاني لثلاثة ايام متتالية او تكرار الغيابات لمدة ستة ايام خلال الشهر .

7- يحق للطرف الثاني انهاء العقد بعد تقديمه طلباً بذلك قبل (30) ثلاثون يوما لغرض استحصال الموافقات اللازمة وتهيئة بديل عنه وتسليم مابعهدته من اموال الشركة .

8- يحق للطرف الثاني التمتع بأجازة اعتيادية لمدة (30) ثلاثون يوماً سنوياً بعد قضائه مدة سنة كاملة من تاريخ مباشرته بالعمل وبأمكانه في حالة عدم التمتع باجازه صرف اجور اجازته المتراكمة عند انتهاء العمل .

9- على الطرف الثاني الالتزام بمواعيد وضوابط الدوام والسلامة المهنية وامن العمل .

10- يكون قانون العمل رقم 101 لسنة 1970 وتعديلاته اساساً للتعاقد بين الطرفين في ما ذكر اعلاه .

11- يخضع هذا العقد لاحكام الظروف القاهرة .

بغداد في :   /   / 2010

الطرف الثاني   الطرف الاول

الاسم :   يمثلها

التوقيع:

نموذج طلبات التزويد بالوثائق

سعادة عميد شؤون الطّلبة (الطّلاب) المكرم (أو المحترم)

الموضوع: طلب وثيقة

المقدّم: فلان

السّلام عليكم ورحمة الله وبركاته

أرجو أن تزوّدوني بوثيقة تثبت أنّني أدرس في قسم .... من كلية .... في السّنة الدّراسيّة ....م، وذلك لسدّ طلب وزارة التّربية والتّعليم (الصينية) لإحصاءات الطّلاب الّذين يدرسون في الخارج. وآمل أن تقبلوا طلبي هذا.

وتفضّلوا بقبول فائق الاحترام.

والسّلام عليكم ورحمة الله وبركاته

مقدّمه

في .... / .... / ....م (التّوقيع)

الاسم الكامل وعنوانه

نموذج جواب على الطلب

التّاريخ:

إلى من يهمه الأمر

تشهد عمادة شؤون الطّلاب أنّ السّيّد فلان هو طالب .... (جنسية) يدرس .... في كلّيّة الدّراسات العليا على نفقة وزارة التّربية والتّعليم الأردنيّة (أو بمنح دراسيّة).

أعطيت له هذه الشّهادة بناءً على طلبه.

عميد شؤون الطّلاب

(اسم الوظيفة)

التّوقيع والختم

بسم الله الرحمن الرحيم

الجامعة الاردنية
وحدة القبول والتسجيل

THE UNIVERSITY OF JORDAN
Admission and Registration Unit

إثبـــــات طــالـــــب

إلى من يهمه الأمر

يشهد المسجل العام في الجـامـعــة الأردنيــة أن الطــالــب

مسجــل فــي

كلية الدراسات العليا

تخصـص : اللغة العربية وآدابها

بمستوى المــاجسـتير في الفصل الدراسي الأول ٢٠/٢٠ ٢٠

الذي بدأ بتاريخ ٩/١٥/ ٢٠ و سينتهي بتاريخ ١/٢٣/ ٢٠

وبناء على طلبه أعطيت له هذه الشهادة.

المسجل العام

عمـــــان في : ٢٠ /٠٩/١٨

- تعتبر هذه الوثيقة لاغية في حالة الكشط أو الشطب.

الرقم الجامعي

بسم الله الرحمن الرحيم

المملكة العربية السعودية

وزارة التعليم العالي

جامعة الملك سعود

معهد اللغة العربية

الرقم :

التاريخ :

المرفقات

لمن يهمه الامر

يشهد معهد اللغة العربية بجامعة الملك سعود

بان الطالب ... حسين الجنسية

احد طلاب المعهد في الفصل الدراسي الأول لعام

١٤ - ١٤ هـ . المستوى الثاني .

وبناء على طلبه اعطي هذا التعريف لتقديمه للسفارة الصينية بجدة

وبالله التوفيق.

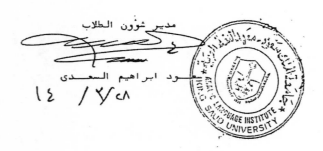

مدير شؤون الطلاب

سعود ابراهيم السعدى

١٤ / ٢/٢٨

KING SAUD UNIVERSITY ARABIC LANGUAGE INSTITUTE

بسم الله الرحمن الرحيم

المملكة العربية السعودية
وزارة المواصلات
إدارة شئون الموظفين

الرقم ....
التاريخ / ٤ / ١٤٠٥هـ
الموافق / / ١٩٨م

الموضوع : تعريف لغير السعوديين

الاسم .... الجنسية صيني .... الوظيفة مهندس معدني (خبير)

الراتب الشهري .... ٨١٤٤ .... نوع العقد إعاره ....

إلى من يهمه الأمر

تقرر ادارة شؤون الموظفين بوزارة المواصلات بان الموضح اسمه وجنسيته أعلاه أحد المتعاقدين مع الوزارة للعام ١٤٠٤/ ١٤٠٥هـ - الموافق ١٩٨٣ / ١٩٨٤م وتحت كفالتها .

☐ لتقديمها إلى المرور .

☐ لتسجيل أبنائه في المدارس

☑ السفارة البريطانية والايطالية والالمانية بجدة

وقد أعطي هذه الشهادة بناء على طلبه

الوظيفة مدير ادارة شؤون الموظفين الاسم حميد الصرودي .... التوقيع ....

الختم الرسمي

وزارة المواصلات
ادارة شئون الموظفين

شهادة التعريف

بهذا نشهد الشركة _____ بأن السيد _____ ياباني الجنسية حامل

جواز رقم _____ و الإقامة رقم _____ بتاريخ _____ و هو يعمل

لدينا بوظيفة _____ تحت كفالتنا بناء على طلبه أعطيت هذه الشهادة دون

ترتب أية مسؤولية تجاه الشركة.

مدير الشركة

_____

إلى من يهمه الأمر،

تشهد وزارة _____ بأن الخبير _____ _____ الجنسية يعمل لديها

و تحت كفالتها اعتباراً من _____ بموجب الاتفاقية الموقعة بين هذه الوزارة

و وزارة _____ بجمهورية _____ و لايزال على رأس عمله. و يحمل

المذكور جواز سفر خاص رقم _____ يكفل له الإقامة بالمملكة خلال فترة عقده.

و بناء على طلبه أعطيت هذه الشهادة لتقديمها لمن يهمه الأمر.

مدير شؤون الموظفين

_____

الختم الرسمي

الرسائل التجارية

الرسائل التجارية هي تلك التي يجري تبادلها بين رجال الأعمال أو الشركات كما ذكرنا آنفاً، أما هدفها الأساسي هو تأمين الرد المرجو، أو القبول المرغوب من أولئك الذين توجه إليهم .

الرسالة التجارية الجيدة والمؤثّرة هي الرسالة الدقيقة والمخطّطة لها سلفاً والواضحة والمختصرة .

أنواع الرسائل التجارية هي رسائل الاستفسار، ورسائل العرض، ورسائل الطلب، ورسائل الشكوى، ورسائل التسوية الحسابية .... وفي ما يلي بعض نماذج لكل منها:

نموذج استفسار عن الشخص مع جوابه

الإشارة:

التاريخ:

الموضوع: استفسار عن سمعة شخص

حضرة مدير شركة .... المحترم

عمان، المملكة الأردنية الهاشمية

ص. ب. ....

تحية طيبة وبعد:

بما أن السيد .... قد تقدم للعمل لدينا بوظيفة ....، والذي كان يعمل لديكم بوظيفة .... لمدة .... ـ وقد أفادنا بأنه يمكننا الاستفسار عنه منكم، لذلك نرجو التكرم بتزويدنا بمعلومات عن سمعته وسلوكه وأخلاقياته في المهنة، وسنأخذها بعين الاعتبار.

وتفضلوا بقبول فائق الاحترام

والسلام عليكم ورحمة الله وبركاته

المدير العام لشركة ....

التوقيع والختم

الاسم الكامل

المرفقات:

النسخ: للإضبارة

الرمز: س. أ.

الإشارة:

التاريخ:

الموضوع: رد على الاستفسار (إيجابي)

السادة / شركة .... المحترمين

ص. ب. .... عمان

بعد التحية،

بالإشارة إلى كتابكم رقم .... المؤرخ في ....، بشأن الاستفسار عن سمعة الموظف .... الذي كان يعمل لدينا (عندنا) في وظيفة .... وتقدم لكم لوظيفة .... فيشرفنا أن نعلمكم بأنه كان حسن السلوك ومُحِبّاً ومخلِصاً لعمله واجتماعياً مع زملائه في العمل.

ولكم فائق احترامنا

قسم شؤون الموظفين/ شركة ....

التوقيع والختم

المرفقات:

النسخ: للإضبارة

الرموز: ص. ح.   العنوان الكامل

الإشارة:

التاريخ:

الموضوع : رد على الاستفسار (سلبي)

السادة / شركة .... المحترمين

ص. ب. ....

القاهرة، جمهورية مصر العربية

بعد التحية،

رداً على رسالتكم رقم .... في يوم .... حول استفسار عن السيد .... الذي كان يعمل لدينا، فنفيدكم بأنه سيء السمعة والسلوك، وقد تم فصله من العمل بعد تعدد خلافاته مع زملائه، وإهماله في العمل.

مع أطيب التحيات

مدير شركة ....

التوقيع والختم
الاسم الكامل

العنوان الكامل

نماذج استفسار عن أسعار

نموذج (١)

الإشارة:

التاريخ:

الموضوع: استفسار عن أسعار

شركة صناعة الدراجات

ص. ب. ....

دبي، الإمارات العربية المتحدة

تحية طيبة وبعد:

لقد وصلنا بالبريد المسجل أحدث نشرة بمنتجاتكم الجديدة، وبعد القيام بدراسة الأصناف منها فإننا نود أن نفتح طلبيتنا التي تشمل الأصناف التالية:

١ـ دراجات ولادية = ٢٠٠ قطعة.

٢ـ دراجات رجالية = ٣٥٠ قطعة.

٣ـ دراجات نسائية ستاندر = ١٥٠ قطعة.

نرجو تزويدنا بقائمة أسعار مفصلة بتلك الأصناف في أسرع وقت ممكن.

لكم شكرنا الجزيل

مدير المبيعات لشركة ....

التوقيع والختم

الاسم الكامل

العنوان الكامل

نموذج (٢)

الإشارة:

التاريخ:

الموضوع: استفسار عن أسعار وشروط

السادة / شركة .... المحترمين

ج. م. ع. القاهرة

ص. ب. ....

تحية طيبة وبعد:

نفيدكم باستلام رسالتكم المؤرخة في .... من الشهر الجاري، التي تعرضون فيها نماذج وعينات من منتجاتكم، نشكر لكم على عرضكم ذلك، غير أنكم لم تحددوا أسعارها وشروطها، ونكون شاكرين لو تكرمتم بتزويدنا بأسعار وشروط تلك المنتجات على أساس سيف (الكلفة وأجرة الشحن والتأمين، CIF) وذلك لنقوم بدراستها، ولنتعرف على مدى إمكانية تصريفها.

نأمل أن نحظى بردكم السريع مع أطيب تحياتنا.

مدير شركة ....

التوقيع والختم

الاسم الكامل

العنوان الكامل

نماذج إجابة على استفسار عن الأسعار

نموذج (١)

الإشارة:

التاريخ:

الموضوع: رد على استفسار عن أسعار

شركة الحمدان للتجارة

ص. ب. ....

الرياض، المملكة العربية السعودية

بعد التحية،

رداً على استفساركم اللطيف في يوم .... حول أسعار الدراجات، فنعرض عليكم أسعار الحد الأدنى كما يلي:

١- دراجات ولادية : ٢٠٠ قطعة بسعر القطعة ٢٦٥ دولاراً.

٢- دراجات رجالية : ٣٥٠ قطعة بسعر القطعة ٣٣٠ دولاراً.

٣- دراجات نسائية ستاندر : ١٥٠ قطعة بسعر القطعة ٣٥٠ دولاراً.

إننا ننتظر طلبيتكم العاجلة بهذا الخصوص.

لكم شكرنا الجزيل

المخلص

عن شركة صناعة الدراجات

التوقيع والختم

الاسم الكامل

العنوان الكامل

نموذج (٢)

الإشارة:

التاريخ:

الموضوع: إجابة على استفسار عن أسعار وشروط

السادة / شركة .... المحترمين

ص. ب. ....

(البلدة)

سادتنا الأعزاء،

نشكركم على رسالتكم المؤرخة في .... حول أسعار .... اللازمة لكم، ويسعدنا أن نزودكم بقائمة أسعارها التي نرفقها لكم مع هذه الرسالة، أننا مستعدون لتنفيذ طلباتكم وفقاً للشروط المذكورة أدناه:

١- لا تقل كمية طلباتكم عن ٢٠٠٠٠ دزينة لكل صنف.

٢- شحن البضاعة خلال شهرين من تاريخ وصول الطلب إلينا مع خطاب الاعتماد.

نأمل أن نحظى بطلباتكم قريباً، ونرجو أن يكون هذا بداية تعاوننا المستمرّ والمثمر.

لكم شكرنا الجزيل

عن شركة ....

اسم المسؤول

العنوان الكامل

نماذج استفسار عن بضاعة

نموذج (١)

الإشارة:

التاريخ:

الموضوع : استفسار عن بضاعة

السادة / شركة المأكولات .... المحترمين

ص. ب. .... عمان / الأردن

بعد التحية،

بما أن منتجاتكم الغذائية قد حازت على إقبال كثير من المستهلكين، وبما أننا سبق أن تعاونّا معكم. فأرادت شركتنا أن تجرب منتجاتكم الجديدة التي أعلنتم عنها. لذا نكون شاكرين لو تكرّمتم بالرد على استفسارنا عما يلي من البضائع فيما إذا كانت متوفرة في مخازنكم

١ـ صلصة فول الصويا ـ عبوة زجاجية زنة / ٢٥٠ غراماً.

٢ـ صلصة بندورة ـ عبوة زجاجية زنة / ٢٠٠ غرام.

٣ـ أرضي شوكي ـ عبوة بلاستيكية زنة / ٢٠٠ غرام.

تفضلوا بقبول فائق الاحترام

عن شركة ....

المدير العام

اسم المسؤول

العنوان الكامل

نموذج (٢)

الإشارة:

التاريخ:

الموضوع : استفسار عن موعد وصول بضاعة

السادة / شركة .... المحترمين

ص. ب. .... (اسم مدينة)، (اسم دولة)

بعد التحية،

نشكركم على تعاونكم معنا وعلى جوابكم الإيجابي السريع لطلباتنا، ونود أن تعلمونا باسم السفينة المشحونة عليها البضاعة والوقت المتوقع لوصولها، ذلك لعمل اللازم.

ولكم شكرنا الجزيل

شركة ....

المرفقات: اسم المسؤول وعنوانه

النسخ:٣

الرموز: س ـ أ ـ

نماذج جواب لاستفسار عن بضاعة

نموذج (١)

الإشارة:

التاريخ:

الموضوع : رد على استفسار عن بضاعة

السادة / شركة القصيبي وأولاده المحترمين

ص. ب. .... جدة

بعد التحية،

بالإشارة إلى خطابكم رقم .... في يوم ....، بشأن الاستفسار عن عدة أصناف من المأكولات، فنفيدكم علماً بأنها موجودة لدى مخازننا ولكن بكميات قليلة نسبياً بسبب الإقبال الشديد عليها. وسوف يستغرق تسليمها قرابة ثلاثة أشهر، ونعدكم بأننا سنحاول تقصير هذه الفترة بقدر الإمكان.

وتفضلوا بوافر الاحترام والتقدير

شركة المأكولات ....

مدير قسم التسويق

عادل البعلبكي

العنوان الكامل

المرفقات:

النسخ: ١

الرموز: م ب

نموذج (٢)

الإشارة:

التاريخ:

الموضوع : رد على استفسار عن موعد وصول البضاعة

محلات محمد القدسي وشركائها

رقم ١٦٥، شارع الحمراء

الدمام، المملكة العربية السعودية

بعد التحية،

بالإشارة إلى كتابكم رقم .... المؤرخ في .... بشأن الاستفسار عن موعد وصول البضاعة، نفيدكم بأن الباخرة .... رحلة رقم .... التي تحمل بضاعتكم المتوقع وصولها إلى ميناء الدمام في يوم   ....هـ الموافق ....م، وأن شركة الشعبان للملاحة ستخطركم فور وصولها حتى تتسلّموا طلباتكم.

تفضلوا بقبول فائق التقدير

شركة ....

اسم المسؤول

وعنوانه

المرفقات : مستندات الشحن

النسخ : لشركة الشعبان للملاحة

النسخ : للإضبارة

بعض الجمل المستعملة في الاستفسارات

نرجو أن ترسلوا لنا نسخة من كتالوج البضائع للاطلاع عليه.

نرجو أن ترسلوا لنا نسخة من قائمة الأسعار، فهرس، كرَّاسة، كتيِّبة.

نرجو أن ترسلوا لنا نسخة من كتالوج مصوَّر وقائمة بأسعار ....

نرجو أن ترسلوا لنا نسخة من بيانات مفصلة بالموديلات والمواصفات.

نرجو أن ترسلوا لنا نسخة من عيِّنات أو مساطر أو نماذج.

نرجو أن ترسلوا لنا نسخة من معلومات (مفصلة) كاملة حول شروط.

نرجو أن ترسلوا لنا نسخة من شروط التسليم وأقصر المدة للتسليم.

يمكنكم الاعتماد علينا من أجل تزويدكم بـ...................

يسرنا أن نرسل لكم قائمة .... التي طلبتموها.

لمن دواعي سرورنا أن نلبِّي طلباتكم.

إننا بانتظار سماع أخبار أيَّة تطوُّرات جديدة من جانبكم.

نحاول دائماً أن نعطيكم أحسن الأسعار، وأن ننفِّذ طلباتكم بدِقَّة وسرعة.

نأمل أن نتشرف بخدمتكم دائماً.

لقد أصبح الطرد المحتوي على العينة في طريقه إليكم.

ستُشْحن البضاعة بعد غد والدفع لدى التسليم.

إن هذه الأسعار هي صافية، وهي قابلة للتغيير حسب تقلُّبات السوق.

لقد توقف إنتاج هذا الطراز (...................)، ولكن باستطاعتكم أن تحصلوا على طراز .... بدلاً منه .

نتطلَّع إلى وصول طلباتكم.

يسرنا أن نخبركم أن طلبكم رقم .... قد شُحن على متن الباخرة ....، ومن المتوقع أن تصل الباخرة إلى ميناء .... في يوم ....

نماذج رسالة العرض

نموذج (١)

الإشارة:

التاريخ:

الموضوع : عرض الخدمة

السادة / شركة عيسى التجارية المحترمين

الأردن ـ عمان ـ شارع الملك عبد الله

بعد التحية،

لقد اطلعنا على عنوانكم وحاجاتكم في نشرة مجلس .... (اسم دولة) لتنمية التجارة الخارجية بـ................... (اسم مدينة، اسم دولة). ويسرنا أن نخبركم أن لشركتنا خبرة طويلة في هذا المجال، وأننا على استعداد للتعاون معكم. ولذا نرجو أن ترسلوا لنا معلومات أكثر تفصيلاً عن حاجاتكم من الموديلات والمواصفات، وسوف نزودكم بعيناتها الملائمة مع الأسعار المنافسة.

إننا بانتظار سماع أخبار من جانبكم.

لكم أجمل تحياتنا

شركة النصر للصناعة والتجارة

التوقيع والختم

الاسم الكامل

العنوان الكامل

المرفقات:

النسخ: الإضبارة

الرموز: س م / س ص

نموذج (٢)

أتشرف بإعلامكم أنني قد أسستُ شركة خاصة بالاستيراد والتصدير بـ.................
(اسم مدينة، اسم دولة). وقد كنت أعمل في شركة .... لعدة سنوات، وكنت
خلالها مسؤولاً عن إدارة الاستيراد والتصدير.

إن علاقاتي كثيرة وعلى نطاق واسع يشمل مصانع البضائع المختلفة في دول جنوب
شرق آسيا، وأؤكّد لكم أني سأعتني بتنفيذ أي طلب ترسلونه إليّ، وذلك بأحسن الأسعار،
ومن أجود الأصناف.

نموذج (٣)

تتشرف إدارة الشركة بأن تقدم لكم عرضاً من الطراز الحديث الخاص بالملابس الشتوية
المصنعة في تايلند ومن ماركة.............، وذلك بمناسبة حلول الشتاء لعام ....
ويسرنا أن نحيطكم علماً بأنه في حالة الاتفاق بيننا باستطاعتكم أن تتسلموا البضاعة
المطلوبة والكمية المطلوبة عن طريق شركة الطيران (الجنسية) / جمارك مطار بيروت.

نموذج (٤)

تتشرف إدارة التسويق في الشركة بأن نعرض عليكم سلعة أصناف القرطاسية التي
استورِدَتْ عن طريقنا من .... (اسم دولة)، ويمكنكم استلام الكميات المطلوبة
من مستودعات الشركة في دبي.

نموذج (٥)

نتشرف بأن نخبركم أنَّ شركتنا تتعامل بتجارة التصدير إلى دول الشرق الأوسط منذ
السبعينات، ونرجو أن نحظى بثقتكم. ونؤكد لكم سرعة تأميننا لجميع طلباتكم.

وتجدون طياً لائحة بأسعار البضائع الموجودة لدينا، والتي نأمل أن تحوز إعجابكم.
وبإمكانكم أن تبادروا إلى طلب كمية أقل على سبيل التجربة، وأني لواثق من أنكم
ستطلبون كمية أكبر في المستقبل.

نماذج رسالة الطلب

نموذج (١)

الإشارة:

التاريخ:

الموضوع : طلب إرسال البضاعة

شركة ريم للصناعات الكهربائية الموقرة

ص. ب. ....

أوساكا، اليابان

تحية طيبة وبعد:

رداً على رسالتكم رقم .... المؤرخة في .... يسعد شركتنا التعاون معكم لذا يرجى منكم أن ترسلوا:

١- (٢٠٠٠) ألفي لفة من الأسلاك الكهربائية الرفيعة ماركة .... مشكلة (متعددة) الألوان.

٢- (٥٠٠٠) خمسة آلاف علبة كهربائية مستديرة ومربعة الشكل موديل ....، ونتعهد بالسداد بشيك آجل خلال ٣٠ يوماً مسحوب على بنك اليابان / فرع أوساكا.

تفضلوا بقبول فائق الاحترام

شركة الحرية للتجارة

التوقيع والختم

الاسم الكامل

المرفقات: شيك بقيمة البضاعة

النسخ: لقسم المبيعات

لقسم المحاسبة

الرموز: ك خ / ع م

نموذج (٢)

بالإشارة إلى عرض أسعاركم رقم ...... تاريخ .... يسرنا أن نضع طلبياتنا التالية:

١- ....

٢- ....

٣- ....

نرجو أن تشحنوا البضاعة أعلاه حالاً.

نموذج (٣)

بناءً على كتابكم رقم ...... تاريخ .... أتشرف بإفادتكم بأنني قبلت بالأسعار والشروط التي عرضتموها.

وقد حولتُ لكم بواسطة مصرف .... مبلغاً وقدره .... كدفعة أولى لثمن السلع التالية:

١- (٤٠٠) دزينة أقلام.

٢- (٦٠٠) دزينة أقلام رصاص.

ويسرنا أن نعلمكم أنه عند التسلم سنسدّد لكم بقية المبلغ.

نموذج (٤)

إشارة إلى رسالتكم رقم ...... الصادرة في .... بشأن عرض أسعار .... نفيدكم بموافقتنا على ذلك، ونقوم الآن بطلب البضاعة التالية شرطاً أن تكون البضاعة مماثلة تماماً للعينة التي أرسلتموها إلينا. نرفق لكم شيكاً بقيمة .... دولار أمريكي حسب شروطكم.

١- ....

٢- ....

نموذج (٥)

بناءً على مراسلاتنا السابقة التي تم فيها الاتفاق على شراء ٣٢٠٠٠ اثنين وثلاثين ألف طن من الاسمنت عن طريق شركتكم وفقاً للشروط التي قدمتموها بكتابكم رقم ...... وتاريخ .... أن تؤمنوا شحنها إلى ميناء .... كدفعة أولى ٢٠٠٠ طن منها.

وبهذه المناسبة يسرنا أن نعلمكم أننا قد حولنا لكم بواسطة مصرف .... بما يوازي قيمة هذه الكمية.

نماذج رسالة تنفيذ الطلبية

نموذج (١)

الإشارة:

التاريخ:

الموضوع : إعلام بشحن البضاعة المطلوبة

السادة / شركة الأمل المحترمين

ص. ب. ....

دمشق، سوريا

تحية طيبة وبعد:

تأكيداً لطلب مندوبنا الذي يزور مدينتكم حالياً، يسرنا أن نرسل بضاعتكم المطلوبة (دفاتر وأقلام مشكلة الألوان) بواسطة الباخرة "كوكب الشرق" التي ستبحر من ميناء (اسم مدينة) في ....

نرجو أن تصلكم بحالة جيدة، وأن تؤمن بأسعار مربحة وبالتالي نأمل أن تكون هذه المبادرة من طرفنا مفتاحاً لاستمرار العمل المفيد لشركتينا في المستقبل.

تفضلوا بقبول فائق الاحترام والتقدير

شركة الاتحاد للتصدير والاستيراد

التوقيع والختم

الاسم الكامل

العنوان الكامل

المرفقات: بيان التعبئة وأوراق الشحن

النسخ: لقسم المبيعات

الرموز: خ ك / ي س

نموذج (٢)

جواباً عن رسالتكم رقم .... تاريخ .... نتشرف بإفادتكم أننا قد بعثنا بواسطة شركة .... للملاحة قسماً من الكمية المطلوبة من ....، وعلى أن تصلكم بقية الكمية في غضون ستة أشهر، وقد قيدنا لحسابكم المبلغ الذي حولتموه على بنك .... باسمنا.

نموذج (٣)

لقد وصلتنا طلبيتكم المؤرخة في ....، ويسرنا أن نعبر لكم عن شكرنا، وسوف نقوم بشحن البضائع فور استلامنا حوالتكم. ونأسف لإعلامكم بأننا لا نتعامل إلا على أساس "نقداً" فقط مع شكرنا سلفاً.

نموذج (٤)

نشكركم على رسالتكم رقم .... تاريخ .... التي تعبّرون فيها عن رغبتكم في التعامل مع شركتنا. ويسعدنا أن نقدم لكم التسهيلات اللازمة في المستقبل. ولأن هذه المعاملة هي المعاملة الأولى التي نجريها معكم، فإننا نرجو منكم أن تفتحوا اعتماداً مصرفياً أولاً حتى نتمكن من اتخاذ الإجراءات اللازمة، ولدى استلام ردكم سنقوم بإرسال البضائع بكاملها حسب طلبكم.

نموذج (٥)

لقد وصلتني رسالتكم المؤرخة ....، ويسرني أنكم تمكنتم من تصريف الإرسالية المرسلة إليكم، وإنني الآن في طريق تجهيز إرسالية جديدة، سأرسلها لكم خلال هذا الشهر. وإذا لاحظتم نوعاً آخر يلائم مقتضيات السوق عندكم أكثر من غيره، فلا تترددوا بإعلامنا بذلك حتى نتمكن من اتخاذ الإجراءات اللازمة لتنفيذ ما تطلبونه.

بعض الجمل المستعملة في رسالة العرض والطلب

نظراً لوجود رغبة متبادلة بيننا في مجال التعامل التجاري، فإننا نعرض عليكم منتجاتنا الجديدة وهي عبارة عن خضروات مجففة.

في حالة الاتفاق سيتم شحن البضاعة من ميناء .... على أن تتسلموها في ميناء ....

إذا حظي هذا العرض باهتمامكم فأنه يسعدنا أن ننفّذ طلبكم فوراً.

إن مخزوننا يشمل أصنافاً واسعة من أدوات رياضية من مختلف الأحجام والأنواع والألوان.

إن تفضلتم بزيارتنا ستفتحون باب التعاون بيننا.

لعلكم تعرفون أننا اشتهرنا لسنوات عديدة بإنتاج نوعيات ممتازة من بضائعنا.

إذا أرسلتم طلبكم قبل .... فيمكنكم أن تحصلوا على حسم ٥ ٪ من سعر المجموع.

يمكنني منحكم حسم ٥٪ إذا كانت قيمة طلباتكم ١٠٠٠٠ (عشرة آلاف) دولار أمريكي وما فوق.

نتطلع إلى سماع رأيكم على عرضنا ونرجو ألّا تترددوا في الاتصال بنا.

نضع خبراتنا في خدمتكم، ونأمل أن تتيحوا لنا فرصة لها.

نرسل لكم طلباً بالبضائع التالية:

نرجو أن تزودونا بما يلي:

نرجو أن تشحنوا البضاعة المطلوبة بصورة مستعجلة.

لي أمل ألّا تتأخروا عن إنجاز هذا الطلب.

إشارة إلى المقابلة التي تمت بينكم وبين السيد .... مدير التسويق في شركتنا، نفيدكم بأن الشركة قد وافقت على تنفيذ طلبيتكم الخاصة بمربّى الفراولة ماركة ....

نرسل طلبيتكم بَحْراً في .... على باخرة العريش ـ الخطوط العربية للملاحة البحرية، ومرفق لكم بوالص الشحن والفواتير وبيان البضاعة المرسلة.

الدفع يكون نقداً، ولا نقبل شيكات ولا بطاقة الائتمان.

يجب أن يتم الدفع بموجب حوالة مصرفية.

لقد أصبحت بضاعتكم جاهزة ولذا نرجو أن تخبرونا عن موعد محدد للشحن.

نأسف لتأخير شحن طلباتكم بسبب إضراب عمال النقل.

رسائل الشكوى

شركة النور للتجارة

ص. ب. ....

عمان، الأردن

الرقم:

التاريخ:

الموضوع : شكوى من نقص في البضاعة

السادة / الشركة الأهلية للسلع الاستهلاكية المحترمين

ص. ب. .... القاهرة - ج. م. ع.

تحية طيبة وبعد،

إن مستنداتكم التي أرسلتموها عن طريق بنك .... قد سحبناها أمس، وتم تخليص البضاعة من الجمرك اليوم.

ونأسف لنعلمكم أنه عند فتح الطرود وجدنا نقصاً في البضاعة التالية:

١- ....

٢- ....

حيث أن البضاعة كانت معبأة في صناديق خشبية، وكانت بحالة جيدة عند فتحها. ونؤكد لكم أنه ليس هناك أي تلاعب في عملية التخليص. ومن هنا نعتقد بأن البضاعة قد عبئت ناقصة، ولذا نطلب منكم إرسالها لنا في أقرب وقت ممكن.

مقدرين لكم حسن تعاونكم معنا دائماً.

المدير العام

عبد الله علي

العنوان الكامل

جواب على الرسالة السابقة

لقد تسلمنا رسالتكم المؤرخة في ....، ونشعر بالأسف لما جاء في محتوياتها. في الحقيقة إن البضاعة التي أرسلت إليكم ناقصة، وقد نتج هذا النقص عن طريق السهو من قبل عمال التعبئة. وقد أرسلنا لكم اليوم طرداً بالبضاعة الناقصة بطريق الجو بموجب إيصال شركة الشرق الأوسط للطيران رقم .... ولذا نرجو إشعارنا بالاستلام.

نأسف مرة أخرى عن هذا الإزعاج الذي سببناه لكم، ونؤكد لكم بأن مثل هذا الخطأ لن يحدث في المستقبل.

شكوى حول عدم تنفيذ طلبية:

نود الإشارة إلى خطابنا المؤرخ في ....، الذي وضعنا فيه طلبية ٢٠٠٠ (ألفي) دزينة من القميص الصيفي، ونأسف لنخبركم بأننا لم نستلم البضاعة بعد، ولم نستلم أي إشارة منكم حول إرسالها.

إننا بحاجة ماسة إلى هذه البضاعة نظراً لأن الموسم قد ابتدأ، ولذا نرجو إعلامنا عن الوضع الحقيقي لكي نعمل التعديل وفقاً لذلك.

رد على الرسالة السابقة:

نعترف شاكرين باستلام رسالتكم المؤرخة في ....، وكذلك طلبيتكم رقم .... والمؤرخة في ....

إننا نأسف كثيراً للتأخير في تنفيذ طلبيتكم حيث إننا تلقينا طلبيات عديدة من نفس الصنف الذي طلبتموه فنفد الذي من المخزون. وأن مصنعنا يقوم حالياً بالعمل على إنتاجه، ولذا فسنشحن لكم في غضون ثلاثة أسابيع إن شاء الله.

نشكركم على تعاونكم اللطيف، ونؤكد لكم جهودنا بالمقابل.

شكوى تتعلق برداءة البضاعة:

نأمل أن نعلمكم أننا قد استلمنا البضاعة المرسلة من قبلكم، وفوجئنا بأنها ليست مطابقة بأي حال للعينة التي عقدنا الطلبية على أساسها. لذلك يؤسفنا الاعتذار عن قبولها بالسعر الوارد في الفاتورة. لأننا لا نستطيع تصريفها إلا إذا بِعْناها بأدنى الأسعار، ومن هنا فإننا مضطرون إلى حفظ بضاعتكم ريثما نتلقى ردكم. وإذا منحتمونا حسماً كبيراً فسنعيد النظر في الموضوع، أمّا إذا لم تستطيعوا ذلك فإنه لا بد لنا من إعادة هذه البضاعة.

رد على الخطاب السابق:

إننا متأسفون جداً أن يكون لديكم شكوى من البضاعة التي زوّدناكم بها، ونحن في حيرة، ولا نستطيع فهم سبب لذلك، ونكون شاكرين لو تفضلتم بإعادة عينات منها لنقوم بتأكيدها، وسنكتب إليكم مرة أخرى بهذا الخصوص.

بعض الجمل المستعملة في رسائل الشكوى

على الرغم من الوعود الكثيرة التي تلقيناها منكم، فأننا لم نستلم البضائع المطلوبة حتى الآن.

إن تأخيراً في استلام البضائع المطلوبة يسبب لي خسارة كبيرة في تجارتي، لأني أرتبط بعقود مع زبائني لتزويدهم بالبضائع التي أطلبها وفقاً لبرنامج زمني محدد.

أكرر طلبي إرسال البضائع فوراً.

إنني أستغرب حقاً أن تعاملوا زبوناً قديماً بهذه الطريقة.

لقد اطلعنا على الشكوى المقدمة منكم، ونود إعلامكم أنه ليس للشكوى ما يبررها.

نرفض استرداد البضائع إذا قمتم بإعادتها.

إن الموجود لدينا من الصنف المطلوب قد نفد.

كنا نأمل تزويدنا من قبل المنتجين بكمية منه إلا أننا لم نستلم منهم شيئاً حتى الآن.

إننا نعدكم بشحن بضاعتكم المطلوبة فور موافاتنا بها.

إن الإرسالية قد تمت تعبئتها فعلاً بطريق الخطأ، ولم يتم تدقيقها بسبب سهو من جانب أحد موظفينا.

نرجو أن تقبلوا اعتذارنا عن أية مضايقة لكم ناجمة عن هذا التأخر.

نرجوكم قبول اعتذارنا وتأكيدنا أننا سنتخذ الإجراءات اللازمة لمنع تكرار مثل هذه الحادثة.

إننا نأسف لما سببه لكم هذا التأخير من متاعب.

إننا على استعداد لتحمل التكاليف الناتجة عن هذا الخطأ.

سنحقق في هذه القضية بالكامل.

في حالة وجود أي تلف فإننا نتعهد بتعويضه.

نؤكد لكم أن التأخر في شحن البضاعة المطلوبة ناشئ عن ظروف خارجة عن إرادتنا.

نرجو تفهمكم وتسامحكم إذ إنه لا سبيل أحياناً من اجتناب التاخير في مثل هذه الأمور.

إن إرضاء الزبون هو الهدف الذي نسعى إلى تحقيقه.

مهما يكن الأمر فنحن دائماً في خدمتكم.

رسائل التسوية الحسابية

طلب فتح الاعتماد:

شركة الثورة العربية للتصدير والاستيراد

ص. ب. ....، دمشق، سوريا

الإشارة:...................

التاريخ:...................

الموضوع : طلب فتح الاعتماد

السادة / شركة الحرية للتجارة المحترمين

ص. ب. ....، الدار البيضاء، المغرب

تحية طيبة وبعد،

شكراً لرسالتكم المؤرخة في .... التي تعبرون فيها عن رغبتكم في التعامل معنا، ويسعدنا أن نقدم لكم التسهيلات اللازمة.

وحيث إن هذه هي أول المعاملة بيننا فإننا نطلب منكم فتح اعتماد مصرفي حتى نتمكن من اتخاذ الاجراءات الضرورية، وعند استلام ردكم سنعمل فوراً على تنفيذ طلبيتكم.

ولكم جزيل الشكر

شركة الثورة العربية

المدير العام

أحمد علي

العنوان الكامل

رد على الرسالة السابقة
(إشعار بفتح اعتماد مصرفي)

يسرني أن نحيطكم علماً بأننا قد فتحنا لصالحكم كتاب الاعتماد عند بنك .... تحت رقم .... في مقابل البضاعة المدونة في الفاتورة المؤرخة في .... بقيمة ....

نأمل أن يعلمكم مصرفكم بذلك لتتمكنوا من اتخاذ الخطوات اللازمة لشحن طلبيتنا.

طلب تمديد صلاحية كتاب اعتماد:

لقد تلقينا كتاب اعتمادكم رقم ....، والمؤرخ في .... وبقيمة .... ومدة صلاحيته ٤٥ (خمسة وأربعون) يوماً مقابل البضائع التي طلبتموها.

وبسبب الإضراب الأخير الذي قام به عمال المصنع، فللأسف سيكون ثمة تأخير في شحن طلبكم لمدة شهر واحد على الأقل، ولذا نرجو منكم أن تبلغوا مصرفكم لعمل تمديد صلاحية كتاب الاعتماد للمدة المماثلة حتى نتمكن من تنفيذ طلبيتكم.

رد الرسالة السابقة:

بالإشارة إلى رسالتكم المؤرخة في .... بخصوص مدّ صلاحية خطاب الاعتماد رقم .... فنعلمكم بأننا قد طلبنا من مصرفنا أن يلبي طلبكم هذا.

نأمل أن تُبلَغوا بالتمديد المطلوب خلال الأيام القليلة القادمة، ويسرنا أن نعمل على تلبية أي طلب منكم.

طلب تسديد الحساب:

كل ما نوده من هذه الرسالة هو أن نذكركم بأنكم قد تأخرتم عن تسديد مستحقاتنا المالية، وقد كان موعد تسديده قبل شهرين، إذا كنتم قد أرسلتم لنا حوالة في الآونة الأخيرة فنقول لكم شكراً، وإذا لم تكونوا قد فعلتم ذلك بعد، فالرجاء أن تحولوا المبلغ بالكامل إلى رقم حسابنا .... في بنك .... أو تستعملوا الظرف المرفق لإرسال الشيك بقيمته إلينا.

طلب منح فترة المهلة:

حسب إشعاركم المؤرخة في .... فإننا مدينون لكم بمبلغ ....، ولكن من المؤسف أن نعلمكم أننا في وضع محرج، ونجد أنفسنا مضطرين إلى أن نرجوكم منحنا تمديداً زمنياً لدفعه.

لقد كنا اعتمدنا على وصول شيك من أحد زبائننا لتسديد حسابكم، ولكننا أبلغنا الآن أن هذا الشيك لن يصلنا قبل نهاية هذا الشهر.

لذا نرجو إمهالنا فترة ثلاثة أسابيع للتسديد، وإننا إذ نأسف لهذا التأخر، ونأمل ألّا يكون ذلك سبباً في إزعاجكم.

طلب التسوية:

نرجو منكم تسوية حساباتكم عن مشترياتكم منا خلال سنة .... كما في موضحة بالجدول التالي:

	رقم الفواتير	تاريخ الفواتير	مبلغ الفواتير
١	١١١	١ / ٣ /	١١١١١،١١٠
٢	٢٢٢	١٥ / ٦ /	٢٢٢٢٢،٢٢٠
٣	٣٣٣	٣٠ / ٩ /	٣٣٣٣٣،٣٣٠
المجموع			٦٦٦٦٦٦،٦٦٠

فقط ستمائة وستون ألفاً وستمائة وستة وستون ريالاً و ٦٦٠ فلساً.

نرجو سدادها بسرعة لإغلاق حسابات السنة المالية ....م.

وتقبلوا منا الاحترام والشكر

التوقيع والختم

الاسم الكامل

رد على الرسالة السابقة:

إشارة إلى رسالتكم رقم .... والمؤرخة في .... فإننا نرفق لكم الشيك رقم .... المسحوب على بنك الرياض المحدود فرع شارع الستين، وقيمته ٦٦٥٠٠ ريال، وذلك لتسوية الفواتير الثلاث ذات الأرقام ....

جواب للخطاب السابق:

إشارة إلى خطابكم رقم .... والمؤرخ في .... والمرفق به الشيك رقم .... المسحوب على بنك الرياض المحدود، وننوه لكم أن القيمة الإجمالية للشيك تختلف عن القيمة الإجمالية للفواتير.

لذا نعيد لكم الشيك للتصحيح.

المرفقات: الشيك، ثلاث صور للفواتير.

النسخ: ١ للمدير العام   مدير الحسابات لشركة ....

١ للإضبارة   التوقيع والختم

الرموز : ص. س.   الاسم الكامل

بعض الجمل المستعملة في رسائل التسوية

أكتب لأذكركم أن موعد استحقاق فاتورتكم قد فات منذ مدة طويلة.

يسعدني أن أبلغكم أننا قد وافقنا على طلبكم الحصول على مهلة ٤٥ يوماً إضافية لتسديد دينكم البالغ .... دولار.

أرجو ألّا تتوقعوا منّا إعطاءكم أية مهلة إضافية في المستقبل.

نطلب منكم أن تدفعوا ديونكم من غير إبطاء.

إني سأكون سعيداً لاستلام مبلغ حسابنا منك في أقرب فرصة ممكنة.

نعيد لكم الشيك رقم .... لعدم مطابقة التوقيع.

إذا كانت حوالتكم في طريقها إلينا، فأرجو أن تهمل هذه الرسالة وتتجاهلها.

إننا نلفت نظرك إلى أن موعد تسديد الفواتير قد انقضى.

نذكركم مرة ثانية بأن حسابكم لسنة .... مازال غير مسدد.

الرجاء أن تدفعوا حسابكم المستحق في الحال، فذلك سيساعدنا على أن نتعاون معكم مستقبلاً.

آسف لتأخري في الدفع، ولكني سأستأنف دفعاتي الشهرية المنتظمة لكم اعتباراً من الشهر القادم.

أرجوكم منحنا ٤٥ يوماً على دفعاتنا لمساعدتنا خلال هذه الفترة الصعبة.

إذا كان هناك ظروف خاصة تمنعكم من الدفع، فنرجو أن تتصلوا بنا كي نبحث في الموضوع.

نأمل أن تصلنا دفعتكم لكي نستمر في التعامل معكم في المستقبل كما تعاملنا في الماضي.

يؤسفنا أنكم لم تتركوا لنا أي خيار، فلا بد أن نلجأ إلى اتخاذ الخطوات القانونية اللازمة.

إن لم تقوموا بتسديد حسابنا خلال شهر واحد، فسنضطر إلى إحالة القضية إلى محامينا. (إلى وكالة تحصيل قانونية).

لا يكون أمامنا سوى أن نحيل الحساب إلى محامينا للتحصيل بالطرق القانونية.

نطلب منكم الآن بصورة نهائية أن ترسلوا الشيك بعد استلامكم هذه الرسالة، وإلّا فسنكون مضطرين إلى اتخاذ إجراءات قانونية ضدكم وعلى حسابكم.

Dubai Islamic Bank بنك دبي الإسلامي

APPLICATION FOR TELEX TRANSFER (TT) / FDD طلب حوالة بالتلكس/ شيك مصرفي

Branch : ______________ الفرع: Date ______________ التاريخ :

To : Dubai Islamic Bank إلى : بنك دبي الإسلامي

Please issue نرجو إصدار

☐ Telex / Swift Transfer ☐ FDD ☐ شيك مصرفي ☐ حوالة بالتلكس / سويفت

Applicant's Name : ______________ اسم مقدم الطلب :

Account No. : ☐☐☐ ☐☐☐ ☐☐☐☐☐☐☐ ☐☐ رقم الحساب :

Telephone No : ______ Mobile No : ______ هاتف متحرك ______ رقم الهاتف : ______

For Bank's Use Only	
Exchange Rate:	
Dirham:	
Commission:	
Telex Charges:	
Total:	
Value Date:	
Drawn On :	

Remittance Currency : ☐ العملة

Remittance Amount : ☐ المبلغ المحول

(Remittance Amt/ Ccy in words Only : ______________ فقط)

☐ DIB charges by Remitter & Other Bank charges by Beneficiary (SHA) ☐ خصم كافة مصاريف بنك دبي الإسلامي من المحول و رسوم البنك الأخرمن المستفيد (SHA)

☐ All Charges by Remitter (OUR)* ☐ خصم كافة المصاريف من المحول (OUR)*

☐ All Charges by Beneficiary (BEN) ☐ خصم كافة المصاريف من المستفيد (BEN)

*CB Charges included *شاملاً رسوم المصرف المركزي

Beneficiary's IBAN/Account No. : ______________ :رقم حساب/IBAN المستفيد

Beneficiary's Name : ______________ : اسم المستفيد

Full Beneficiary's Address : ______________ :عنوان المستفيد الكامل

City ______ المدينة Country ______ الدولة

Beneficiary's Bank Name : ______________ : اسم بنك المستفيد

Beneficiary's Bank Branch Name : ______ Swift / BIC ______ : اسم فرع البنك المستفيد

Beneficiary's Bank Address : City ______ المدينة Country ______ الدولة : عنوان بنك المستفيد

Sort Code / Fed Wire ID / etc. (If available) : ______________

Details & Purpose of Payment: ______________ : تفاصيل الدفعة والغرض منها

By Order of : ______________ : بناء على طلب من

Additional Information for Remittances to Pakistan

For Cash Collection by Beneficiary

Beneficiary's Address/City: ______________

Beneficiary Mobile/Contact No.: ______________

Beneficiary's CNIC/Passport Number "Optional": ______________

We have read the terms and conditions of the transfer shown overleaf and We accept them. We authorize you to debit the amount of the transfer and the expenses, commissions and charges from our account above.

اطلعنا على شروط التحويل المذكورة خلف هذا الطلب ووافقنا عليها، ونفوضكم بخصم قيمة التحويل والمصاريف والرسوم والعمولات من حسابنا المشار إليه أعلاه.

For Bank Use Only لاستخدام البنك فقط		Applicants Signature توقيع مقدم الطلب
	Signature Verified مطابقة التوقيع	

Form No. 393/2 - Rev.0

FILE COPY نسخة الملف

طلب تحويــل مالــي
APPLICATION FORM FOR FUNDS TRANSFER REQUEST

بنك الخليج الأول
FGB

Date .... التاريخ

Branch .... الفرع

Request for:	☐ شيك مدير / شيك مصرفي Manager's Cheque/Draft	☐ تحويل Internal Transfer	☐ تحويل إلكتروني Electronic / SWIFT Transfer	يرجى إصدار:

Account Name:		اسم صاحب الحساب:

رقم الحساب Account number																	
International Bank Account Number																	

Beneficiary Details (In BLOCK letters) بيانات المستفيد

Name		الإسم
Account No. / IBAN *International Bank Account Number*		رقم الحساب / IBAN
Bank Name		البنك
Branch address	Area: المنطقة: City/town: المدينة/ البلدة: Country: الدولة:	عنوان الفرع
Bank code (SWIFT/IFSC/Sort/Fedwire/ABA/CHIPS UID):		رمز البنك:
Correspondent Bank Name / SWIFT (if available) :		اسم البنك المراسل:

Remittance Details بيانات الحوالة

Currency & Amount in figures:		العملة والمبلغ بالأرقام:
Currency & Amount in words:		العملة والمبلغ بالكلمات:

رمز المعاملات المدفوعة بالدرهم فقط: Transaction code* for AED Payments only: ☐REM ☐MIS ☐Other (اذكر)	رمز الرسوم Charge Code*: ☐ OUR ☐ SHA ☐ BEN *Please see overleaf for description*

Payment Details :		تفاصيل الدفع:

I/We confirm having read, understood and agree to the terms and conditions given overleaf and hereby authorize the bank to debit My/Our above mentioned account for all the applicable monies.	أنا/نحن أقر / نقر بأنني /بأننا قرأت / قرأنا وفهمت / فهمنا وقبلت / قبلنا بكافة الشروط والأحكام المطبقة وأخول / نخول البنك بخصم الرسوم من حسابي/ حسابنا المذكور أعلاه لجميع المبالغ المستحقة.

Customer's signature (s) توقيع العميل

Email: البريد الإلكتروني:	Mobile No.: رقم متحرك: Telephone No.: رقم الهاتف:

BRANCH USE ONLY لاستخدام البنك فقط **COPS USE ONLY**

تم مطابقة التوقيع من قبل: Signature verified by:	Rate: القيمة:	Processed by:	مقدم من: Staff ID & sign
	Value date: تاريخ الاستحقاق:	Authorized by:	مصرح من: Staff ID & sign
Processed by			
Authorized by			

Bank Copy نسخة البنك

Emirates NBD | TTENBD5000002959345 | بنك الإمارات دبي الوطني

طلب حوالة تلغرافية
APPLICATION FOR TELEGRAPHIC TRANSFER

Branch Name اسم الفرع		Date	التاريخ

Please complete in BLOCK Letters. يرجى استكمال كافة التفاصيل بخط واضح.

Account Title/Name		اسم الحساب
Debit Account Number		رقم حساب الخصم
TT Currency عملة الحوالة	TT Amount or Debit Amount مبلغ الحوالة أو مبلغ الخصم	•
Debit Currency عملة الخصم		•
Amount in Words المبلغ بالحروف		

MANDATORY BENEFICIARY'S INFORMATION		معلومات حساب المستفيد الإلزامية
Beneficiary Name (Please provide full name)	اسم المستفيد (يرجى تحديد الاسم الكامل)	
Beneficiary's Account Number	رقم حساب المستفيد	
Beneficiary Address (Please provide complete address including country and area/zip code)	عنوان المستفيد (يرجى تحديد العنوان الكامل حيث يشمل الدولة والرمز البريدي)	
Beneficiary's Bank Name	اسم البنك المستفيد	
Beneficiary Bank's Address	عنوان بنك المستفيد	

DETAILS (TICK AS APPLICABLE AND PROVIDE REQUIRED DETAILS BELOW) — التفاصيل (اختر كما ينطبق وقم بتزويد البيانات اللازمة في الأدنى)

IBAN Number (Mandatory as required for country/currency)		رقم IBAN (إلزامي كما تطلب الدولة أو العملة المرسلة)	Sort Code - GBP		كود البنك للتحويلات - الجنيه الإسترليني	IFSC Code - INR		رمز IFSC - الروبية الهندية
Fed wire/ABA - USD$		Fed wire/ABA - دولار أمريكي	Transit/Inst Number - CAD$		Transit/Inst Number - دولار كندي	BSB Number - AUD$		BSB Number - دولار أسترالي

Swift/Routing Code of Beneficiary Bank	رمز السويفت/الوجهة للبنك المستفيد	

CHARGES (SELECT ONE)		الرسوم (اختر واحدة)
Beneficiary (Please charge beneficiary for your charges and correspondent banks charges from the TT amount)		المستفيد (يرجى خصم الرسوم الخاصة بكم وبالبنوك المراسلة من المستفيد بالخصم من مبلغ التحويل التلغرافي)
Ours (Please debit my account for your charges and correspondent banks charges)		حسابنا (يرجى خصم الرسوم الخاصة بكم وبالبنوك المراسلة من حسابي)
Shared (Please debit my account for your charges, beneficiary will bear the charges of your correspondent banks from the TT amount)		مشترك (يرجى خصم الرسوم الخاصة بكم من حسابي وسوف يتحمل المستفيد رسوم البنوك المراسلة من مبلغ التحويل التلغرافي)

Correspondent/Intermediary Bank Details	بيانات البنك المراسل/الوسيط	
Correspondent Bank Routing Code/Account Number	رمز البنك المراسل/ رقم الحساب	
Purpose of Remittance (Mandatory)	الغاية من التحويل (إلزامي)	
Special Instructions (if any)	تعليمات خاصة (إذا وجدت)	

Please be informed that the bank shall endeavour to contact you at the phone number(s) registered with the Bank to verify the details provided in this application. In the event that such call was not answered or the details not verified, the Bank reserves the right to keep the application on hold without processing the transfer request without any liability on Bank for consequences thereof.

يرجى العلم بأن البنك سوف يسعى للاتصال بكم من خلال أرقام الهاتف المسجلة لدى البنك للتحقق من التفاصيل المقدمة في هذا الطلب. في حالة عدم الرد على المكالمة أو لم يتم التحقق من التفاصيل، يحق للبنك الاحتفاظ بالطلب دون تنفيذ التحويل من دون تحمل البنك أية مسؤولية تنتج عن ذلك.

Customer Signature(s) — توقيع العميل/العملاء

I have read, understood, and accept the terms and conditions overleaf — لقد قرأت وفهمت ووافقت على الشروط والأحكام الوارده في الخلف

FOR BANK USE ONLY					
Branch				Back Office	
Branch Rate		TR	DRN	Processed by	
Sign verified by		Approved by		Verified by	

NE06FRM01B1 (Page 1 of 2) — 03.11

الرسائل الاجتماعية

إن الرسائل الاجتماعية جزء من الرسائل الشخصية، ولكنَّ هدفها أكثر تحديداً، ولها أصناف متعددة مثل دعوة لحفلة خاصة، أو حفلة عرس وقبولها، أو اعتذار عنها. وتهنئة صديق بخطوبته أو زفافه أو حصول على عمل جديد. وتعازي زميل عن المصيبة أو المكروه.

- الدعوات

للدعوات أشكال عدة مثل دعوة لعقد قران، دعوة العرس، ودعوة لحفلة عيد ميلاد. ودعوة لتناول طعام و.... إلخ. لا ترسل الدعوات برسائل مطولة إلا نادراً وبحالات خاصة، وفي غالب الأحيان أنها ترسل بصورة واضحة ومختصرة بذكر تاريخ يوم التشريف وساعة الحضور والجهة التي بها المكان مع كتابة غرض الدعوة عنه.

- التهنئة

يهنئ الإنسان عادة في مناسبات عديدة كالأفراح والأعياد إذا لم يتمكن المرء من القيام بهذا الواجب شخصياً، فيرسل رسالة أو بطاقة خاصة ليعبّر مشاركة المهنّأ في فرحه وسروره.

- التعازي

لا يمكن للإنسان أن يستغني عن هذه الرسائل لأن الموت يصيب جميع الناس بالتساوي على الدوام، وعلى كل إنسان أن يشارك الآخرين بأفراحهم وأتراحهم. ينبغي أن تصدر رسائل التعزية عن عواطف صادقة، وتحتوي على عبارات تعبِّر عن ألم المرسل وحزنه ومشاركته في أشجانه، وتدعو له بالرحمة والغفران.

نماذج الدعوات

(١) الدعوة إلى مأدبة غداء

يتشرف فلان ....، والسيدة عقيلته بدعوة حضرة السيد ....،
وعقيلته إلى مأدبة غداء يقيمانها بمناسبة تسلُّمه وظيفة جديدة وذلك في ظهر يوم الأحد
الواقع في .... في منزلهما الكائن بشارع .... رقم ....

(٢) الدعوة إلى مأدبة عشاء مع سهرة راقصة

نتشرف أنا وزوجتي بدعوتكم إلى مأدبة عشاء مع سهرة راقصة تقام في منزلنا
الكائن .... من مساء يوم .... الواقع في ....
وذلك بمناسبة عودتنا من السفر. ونجمع فيها الأعزاء والمحبين. نرجو تلبية دعوتنا
ليزداد سرورنا بوجودكم.

رجاء الإجابة على هاتفنا رقم ....

(٣) الدعوة إلى مأدبة إفطار

يتشرف .... بدعوة الأخ السيد .... إلى مأدبة إفطار يقيمها في
داره مساء .... السادس من شهر رمضان المبارك ابتهاجاً بشهر الصوم.

جواب على دعوة المأدبة

١ - قبول الدعوة

عزيزي السيد ....

يسرنا أن نقبل دعوتكم اللطيفة لتناول طعام العشاء أو (الغداء) معكم في الساعة .... يوم الأحد القادم. إننا بلا شك نتطلع بشوق زائد لرؤيتكم أنت وقرينتك. وقد طلبت إليَ زوجتي أن أنقل إليكما سرورها البالغ بهذه الدعوة، واستعدادها للحضور في الموعد المحدد.

تفضلوا بقبول خالص محبتنا وشكرنا.

المخلص

٢ - اعتذار عن القبول

حضرة السيد ....

يؤسفنا أننا لا نستطيع تلبية دعوتكما اللطيفة لتناول طعام الغداء معكم يوم الأحد المقبل بسبب ارتباطي بمواعيد سابقة (أو بسبب اضطراري للسفر في ذلك الموعد).

تفضلوا بقبول تقديرنا وشكرنا.

المخلص

الاسم والتوقيع

والتأريخ

الدعوات إلى حفلات الزفاف

١ ـ دعوة إلى الأصدقاء بواسطة الصحف بمناسبة عقد قران

يستقبل السيد ....، والسيدة عقيلته بمناسبة زفافهما الأهل والأصدقاء في منزلهما الكائن في ....

للسيدات في يومي الأربعاء والخميس في ١١ و١٢ ذو الحجة سنة ....هـ.

وللرجال في يومي الجمعة والسبت في ١٣ و١٤ منه.

ويرجو اعتبار هذه الدعوة عامة.

٢ ـ دعوة إلى حفلة زفاف

سنحتفل بحوله تعالى بزفاف ابنتنا الآنسة .... يوم .... الموافق .... الساعة نهاراً فنرجو أن تشرفونا بالحضور في الموعد المذكور بمنزلنا الكائن بشارع .... لازالت المسرات في دياركم قائمة (باقية).

الداعي ....

الملاحظة :

تكون الدعوات لحفلات الأعراس مطبوعة عادةً، والشكل التالي من بطاقات الدعوات هو الأكثر استعمالاً وشيوعاً :

١ ـ بطاقة الدعوة لحفلة

السيد .... وقرينته

يتشرفان بدعوة السيد ....، وقرينته لحضور حفلة راقصة تقام يوم ....
الساعة .... في .... (مكان) .... رجاء الإجابة على العنوان
التالي ....

٢ ـ بطاقة الدعوة للأعراس

يسر السيد .... وعقيلته

دعوة السيد ....

للاشتراك في حفلة زواج ابنتهما ....

إلى السيد ....

في .... (مكان) .... يوم الأحد الواقع ....
الساعة ....

الشكل الآخر:

الدكتور .... وقرينته	السيد .... وقرينته
يتشرفان بدعوة حضرتكم	يتشرفان بإعلام حضرتكم
باقتران ولدهما	بزفاف ابنتهما
....	....
بالآنسة الفاضلة	إلى الشاب الأديب ....
كريمة	نجل ....

وسيكون الإكليل يوم .... الموافق .... في دار والد العريس، فنرجو تشريفكم ليتم فرحنا بوجودكم.

جواب دعوة بالإيجاب

حضرة السيد .... المحترم

السلام عليكم ورحمة الله وبركاته وبعد :

نتقدم بأزكى التحيات، وأوفر الشكر إليكم على دعوتكم اللطيفة، ونأمل أن نلبّي هذه الدعوة بكل سرور.

المخلص

....

جواب دعوة باعتذار

السيد .... المحترم

تحية طيبة وبعد :

يؤسفنا عن عدم تمكننا من حضور حفلة زواج كريمتكم التي ستقام يوم .... حيث أننا سنكون خارج البلد في نفس الوقت المحدد. ونسأل الله العلي العزيز أن يغمر العروسين بالفرحة والبهجة، مع أجمل تمنياتنا لهما ولعائلتكم بالتوفيق.

أخوكم المخلص

....

نماذج رسائل التهاني

١ ـ تهنئة بخطبة :

صديقتي العزيزة :

أهنئك من كل قلبي على خطوبتك السعيدة، وأهنئك بهذا الاختيار اللطيف، وندعو من الله سبحانه وتعالى أن يجعل أيامكما أيام أنس ومسرات، ونرجو أن نراكما قريباً زوجين متمتعين بما تستحقانه من السعادة والهناء ورغد العيش وكمال الصحة. دمت لصديقتك.

صديقتك المخلصة

....

٢ ـ تهنئة بعقد قران :

صديقي العزيز :

وردت علينا بشرى اقترانكم، إنها لبشرى سعيدة ومناسبة كريمة فيها يكتمل نصفكم الأفضل بآنسة طيبة وقع عليها اختياركم. ففرحنا فرحاً عظيماً، وبادرنا بتقديم هذه السطور إشعاراً بما حصل لنا من السرور والبهجة. ونسأل الله تعالى أن يكون هذا الزفاف الميمون مقروناً بالسرور والبهجة والحبور تعقبه عيشة رغيدة، ويديم الله بقاءكم بالعزّ والإقبال مدى الأيام وفي كل الأحوال.

تفضلوا بقبول أحر التهاني وأجمل التمنيات.

أخوكم الوفي

....

٣- تهنئة بزفاف صديقة :

صديقتي العزيزة :

يسعدني أن أتقدم لك بأخلص التمنيات والتهاني بمناسبة زفافك إلى شاب كريم أديب ومن أعرق الناس أصلاً مكتمل الصفات مستوفي الشروط وله مكانته العلمية والمالية. وهو مع ذلك فارس أحلامك.

ويسعدني في هذه المناسبة أن أتضرع إلى الله سبحانه وتعالى أن يجعل أيامكما زاخرة بالهناء والوفاق والصحة، وأن يرزقكما بنين صالحين.

ختاماً أكرر التهاني القلبية، وأسأل الله العلي القدير أن يأخذ بيدك لما فيه الخير لك ولأسرتك.

صديقتك المخلصة

....

٤- تهنئة بزواج ولد الصديق

السيد .... المحترم

إنها لبشرى سارة أن أتلقى دعوتكم الكريمة التي تعلن فيها موعد عقد قران نجلكم اللطيف. وإنه لمن دواعي السرور أن يفرح الأب بزواج ابنه، ويراه زوجاً كريماً.

كان بودى أن أتشرف بزيارتكم لحضور هذه الحفلة الجميلة البهيجة ولكن أشغالى الكثيرة منعتني من تحقيق هذه الرغبة فرأيت أن أكتب سطوراً لأقدم لكم جميعاً أصدق تمنياتي مع تقديم هديتي الصغيرة للعروسين، وأرجو قبولها آملا أن يكون زواجاً مبروكاً، ومبارك الله بكم وحفظكم وينعم فيه العروسان بالسعادة والبنين. دامت الأفراح في دياركم العامرة.

صديقكم المخلص

....

٥- تهنئة بزواج بنت الصديق

حضرة السيد .... المحترم

تسلمت بمزيد من الغبطة دعوتكم الكريمة لحضور حفلة زفاف كريمتكم الشابة اللطيفة العزيزة على قلوبنا، وكنت أتوق إلى حضور الحفلة، وأشارككم مسراتكم وحبوركم، ولكن ظروفي تحول بيني وبين تلبية دعوتكم، فقررت أن تنوب عني رسالتي هذه لأتقدم لكم وللسيدة المصون عقيلتكم والعريس والعروس اللطيفين بأخلص التهاني وأطيب التمنيات.

أسأل الله سبحانه وتعالى أن يكون الزواج مقروناً باليمن والسعادة والبركة والبنين الصالحين.

ختاماً أتمنى لكم جميعاً دوام الافراح والعز في دياركم.

الصديق المخلص

....

٦- تهنئة بمولود جديد

عزيزي الصديق

يسرني أن أبعث إليكم هذه الرسالة لأعبّر لكم عن الفرحة الكبرى التي غمرتني والعائلة عند ما وافانا النبأ البهيج بالمولود الجديد الذي رزقكم الله به. إن صورته تتراءى أمامنا بوجهه الجميل وضحكاته البريئة، وأسأل الله أن يهبه مستقبلاً زاهراً، وأن يربى في العز والدلال في كنف والديه العزيزين.

أرجو أن تكون الأم والطفل بصحة جيدة مع أطيب تمنياتي لكم بحياة مليئة بالحب والسعادة.

صديقكم الوفي

....

٧ـ تهنئة بقدوم الطفل الأول للصديق

لقد تلقيت الخبر السعيد والبشرى العظيمة بقدوم طفلكم الأول بعد أن مضت على زفافكم سنوات عديدة. وقد حمدت الله سبحانه وتعالى على هذه النعمة لأنه سيكون صلة الوصل بينكما في العاطفة والحب ومجموع آمالكم في المستقبل وساعدكم الوحيد أيام الشيخوخة فإليك وإلى السيدة المحترمة عقيلتكم أجمل التهاني بولدكم البكر.

جعله الله من أبناء السعادة الموفقين وينشأ في دياركم العامرة باليمن والإقبال ودمتم.

المخلص

....

الاسم والتوقيع

نماذج جواب تهنئة الأفراح

نموذج (١)

السيد .... المحترم

تحية طيبة وبعد.

وفد إلينا كتابكم وضمنه عبارات التهاني بقراننا فشكرنا لألطافكم، تمنينا لكم الصفاء ورغد العيش وإن شاء الله أن تكونوا من المحروسين في أيامكم ويمدكم المولى بطول بقائكم والسلام في البدء والختام.

تفضلوا بقبول فائق تقديرنا وشكرنا.

الصديق المخلص

نموذج (٢)

حضرة السيد .... المحترم

السلام عليكم ورحمة الله وبركاته

جاءنا كتابكم بعبارات التهاني مشرقاً بتباشير الأماني معرباً عن خواطركم من الغبطة والسرور بزفافنا، فوقع ذلك عندنا موقعاً جليلاً. برهن عن صافي ودادكم لنا، فنسأل الله سبحانه وتعالى أن يجعل أوقاتكم كلها سعيدة مقرونة بالفرح والمسرات.

تفضلوا بقبول فائق تقديري وشكري.

الصديق العزيز

نماذج تهنئة بالأعياد

١ ـ تهنئة برأس السنة

سعادة سفير .... المحترم

بمناسبة هذا العيد وبدخول السنة الجديدة نغتنم هذه الفرصة لنقدم لكم أخلص التهاني وأصدق التمنيات. وأسأل الله سبحانه وتعالى أن تكون لك دوام الصحة والعافية وحسن الحال ورخاء البال. وأعاد الله عليكم هذا العام وعلى جميع أفراد أسرتكم ومحبيكم بالخير واليمن والبركة.

ختاماً : نتمنى لكم سنة مباركة، وعيداً سعيداً.

صديقكم المخلص

٢ ـ تهنئة بعيد الميلاد ورأس السنة

.... المحترم

بمناسبة حلول عيدي الميلاد المجيد، ورأس السنة الجديدة أتمنى أن تحمل إليكم أسطري هذه أطيب التهاني وأجمل التمنيات، وأسأل الله سبحانه وتعالى أن يمتعكم بالنعمة والعافية، ويديم عليكم المسرات، ويمنحكم صحة ورغد العيش والسرور والنجاح.

ختاماً أكرر قولي : كل عام وأنتم بخير.

....

....

الاسم والتوقيع

التأريخ

٣ ـ تهنئة بعيد ميلاد الصديق

صديقي العزيز

أهديك أشواقي القلبية وبعد.

أقدم لك التهاني القلبية بعيد ميلادك السعيد من صميم الفؤاد، وأرسل لك هدية صغيرة رمزاً للأمنيات الطيبة من الصديق الحميم. آمل أن تعجبك، وتقبلوا تحياتي وأشواقي وتهاني لك ولوالديك في هذا اليوم السعيد.

عيداً سعيداً وأياماً مغمورة بالسعادة والتوفيق.

الصديق المخلص

٤ ـ تهنئة بعيد الفصح المجيد

عزيزي وأخي الكريم

بعد السلام والدعاء.

مع الربيع المشرق البهيج يطل عيد الفصح المجيد، فنستبشر بهذا العيد المجيد الذي غمرتنا فيه بركات الرب ورحماته. إذ يطيب لي أن أهنئكم بأحر أمنياتي الخالصة وأصدق عواطفي القلبية، وأتمنى لكم عيداً سعيداً.

أخوك الوفي

....

الاسم والتوقيع

التأريخ

٥- تهنئة بعيد الفطر

معالى وزير .... المحترم

السلام عليكم ورحمة الله وبركاته، وبعد.

يسرني أن أبعث لمعاليكم أخلص التحيات وأطيب التمنيات وأجمل التهاني بمناسبة عيد الفطر المبارك. راجياً من الله عز وجل أن يعيد هذا العيد السعيد علينا جميعاً بالخير والبركات والتوفيق في كل ما نصبو إليه وأقول لكم : كل عام ومعاليكم بخير وسعادة.

صديقكم المخلص

....

٦- تهنئة بعيد الأضحى

صديقي العزيز الفاضل .... المحترم

بعد السلام والدعاء.

بمناسبة حلول أيام عيد الأضحى المبارك. أتقدم لكم بأسمي وبأسم زوجتي وأولادي بخالص التبريك بهذا العيد الكبير الذي يحمل اسمه أسمى معنى من معاني الجود والتضحية والسخاء. هذه المعاني التي تنطبق على حياتك وما بذلته نحونا.

إنني لأغتنم هذه المناسبة السعيدة والطيبة لأرفع لكم تهاني القلبية الصادقة، وتمنياتي المخلصة سائلاً المولى أن يحفظكم، ويعيده عليكم باليمن والإقبال.

صديقك العزيز

....

الاسم والتوقيع

جواب على تهنئة بالأعياد

نموذج (١)

السيد .... المحترم

أبثك خالص الأشواق وبعد.

أتاني كتابكم في مطلع هذا العيد فكان لي عيداً ثانياً. إذ سررت بما طوى عليه من العواطف التي تؤكد لي حبك وإخاءك فأسأل الله أن يمتعك بالأفراح ويوصلك إلى أكناف العز بمنّه وكرمه.

المخلص

....

نموذج (٢)

لقد تسلمت رسالتك اللطيفة التي تضمنت معايدتك بالعيد السعيد وإني أقدر هذا الشعور الكريم، وأبادلك عواطفك النبيلة، وأتمنى لك الخير، وأسأل الله أن يدر عليك الرزق الواسع ويعيد عليك هذا العيد بالمسرات ورغد العيش، وبلوغ غاية المنى.

ختاماً : جعل الله أيامك أعياداً مقرونة بالصفاء والهناء.

نماذج تهنئة بالمنصب الجديد

نموذج (١)

حضرة الصديق الفاضل

سلاماً وتحية عاطرة وبعد.

كان فرحي عظيماً حين علمت بأنكم قد ظفرتم بالثقة الملكية، والتي عهدت إليكم بمنصب ....، وبهذه المناسبة أرجو أن تتقبلوا أصدق تهاني، وأدعو الله أن يجعل مستقبلكم المديد مليئاً بالنجاح والتوفيق.

الصديق المخلص

....

نموذج (٢)

إني فخور جداً بأنكم قد فزتم في الانتخابات النيابية بالثقة العظيمة عند الخاص والعام وذلك تقديراً على خدماتكم الجليلة في سبيل رفع شأن الوطن، وخدمة المصلحة العامة. وأسأل الله أن يأخذ بيدكم في أداء الرسالة المناطة بكم.

وتفضل حضرة الصديق الفاضل بقبول أطيب التهاني، وأجمل التمنيات.

صديقك المخلص

....

نماذج جواب على تهنئة المناصب الجديدة

نموذج (١)

معالي وزير الخارجية الصيني .... الموقر

سلاماً وتحية :

تسلمت رسالتكم الرقيقة بتاريخ ....، والتي تضمنت المشاعر الودية والعواطف النبيلة والتهنئة الحارة نحو تسلمي مهام وزارة ....

ولا يسعني إلا أن أتقدم لمعاليكم بخالص شكري وامتناني على تلك المشاعر الطيبة،

سائلاً الله عز وجل أن يوفقني نحو تحقيق مراميها في خدمة الوطن ومؤملاً مزيد التعاون بين بلدينا.

الصديق الوفي

....

وزير ....

نموذج (٢)

تلقيت بمزيد الشكر والامتنان تهانيكم الرقيقة وتمنياتكم الطيبة بمناسبة انتخابي ....، ويسعدني أن أؤكد لكم بأن علاقاتنا الشخصية والرسمية ستستمر بتعاون تام في سبيل تقدم وازدهار بلدينا الصديقين.

مكرراً لكم خالص شكري وفائق احترامي.

الصديق المخلص

....

بسم الله الرحمن الرحيم

مجلس التعاون لدول الخليج العربية - الأمانة العامة

الرقم:
التاريخ ١٠/١٠/ ١٤هـ
الموافق ١٤/ ٢ / م

مكتب الأمين العام

تهدي الأمانة العامة لمجلس التعاون لدول الخليج العربية (مكتب الأمين العام) أطيب تحياتها الى مقام مكتب الممثل الاقتصادي والثقافي لـ... في الرياض .

وترفق بالطي رد معالي الشيخ/ ، الأمين العام لمجلس التعاون لدول الخليج العربية ، على تهنئة معالي الدكتور/ وزير خارجية جمهورية بمناسبة عيد الفطر السعيد .

تغدو الأمانة العامة ممتنة لايصال الرد الى معالي الدكتور وزير الخارجية .

وتنتهز الأمانة العامة هذه الفرصة لتعرب لمقام المكتب عن فائق التقدير والاحترام .

المملكة العربية السعودية ص.ب ٧١٥٣ الرياض ١١٤٦٢ - هاتف ٤٨٢٧٧٧٧
فاكس ٤٨٢٩٠٨٩ تلكس ٤٠٥٠٤٠ : تعاون سع / ٤٠٢٦٣٦ : تعاون سع - برقيا: خليجية

بمناسبة حلول العيد السعيد نبعث اليكم بأحر التهاني وأطيب التمنيات راجين لكم العودة لأمثاله وأنتم متمتعون بالصحة والسعادة

شركة البـــابطين

محـــود عبد العزيز الحمود.

ص.ب ٤٧٥ مطار الظهران

بمنــــاســــــبة

عيــــد الأضحى المبـــارك

يسر شركة الملاحة العربية أن تزف اليكم أجمل التهانى القلبية داعية المولى القدير أن يعيدهـــا عليـــكم باليمن والبركـــات ،،،

شركة الملاحة العربية المتحدة (ش٠م٠خ)

ص.ب : ٢٥٦٣ ــ الــدمام

الى :

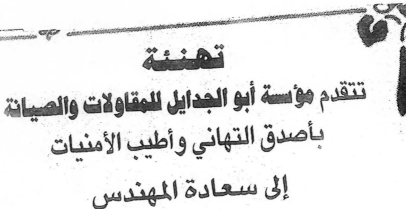

تهنئة

تتقدم مؤسسة أبو الجدايل للمقاولات والصيانة

بأصدق التهاني و أطيب الأمنيات

إلى سعادة المهندس

محمد

بمناسبة ترقيته

إلى المرتبة الرابعة عشرة

في وظيفة

نائب مدير عام مصلحة المياه

والصرف الصحي

بمنطقة مكة المكرمة

متمنين لسعادته التوفيق والسداد

في أداء المهام المنوطة به .

ألف مبروك ... وألف تهنئة حارة

نماذج رسائل التعزية والمؤاساة

نموذج دعوة إلى جنازة

أهل الفقيد يدعون الأقارب والأصدقاء لحضور جنازة فقيدهم الغالي المرحوم ....
وللصلاة لراحة نفسه، والتي ستقام في الساعة .... من صباح .... في
كنيسة .... ولكم من بعده طول البقاء.

يرجى اعتبار هذه الدعوة عامة.

نموذج رسالة تعزية بوفاة والد الصديق:

حضرة سادة / .... المحترمين

سلاماً وبعد،

كان للنبأ المفجع الذي تناهى إليّ بوفاة والدكم رحمه الله أعمق آثار الأسى والألم في قلبي.
كان رحمه الله مثال الوالد الصالح والرجل النبيل، لذلك فإن الراحل العزيز قد خلف
فراغاً هائلاً لا يعوّض في حياة أسرته وفي نفوس إخوانه وأصدقائه وجميع معارفه وبما
أن الموت مصير كل حي فعلينا جميعاً استقبال المصاب بشجاعة وصبر، وإنّا نحمد الله
أن والدكم قد ترك ذكراً حسناً وذرية صالحة نعتز بها.

ختاماً أسأل الله ألاّ يفجعكم بعزيز، وأن يلهمكم الصبر والسلوان، ويسكن الفقيد الغالي
فسيح الجنة ويحفظكم مع جميع أفراد أسرتكم من كل مكروه.

المخلص

....

نموذج تعزية صديق بفقد زوجته

عزيزي وصديقي السيد .... المحترم

سلاماً واشواقاً وبعد،

قرأت بمزيد اللوعة والأسى خبر انتقال زوجتكم المخلصة إلى جوار ربّها. إن رفيقة حياتكم من سيدة فاضلة محبة للجميع ومحبوبة من جميع معارفها نظراً للصفات الفريدة التي تمتعت بها طيلة حياتها المملوءة بالمبرات وأعمال الخير.

إن الموت يصيب جميع الناس بالتساوى وهو حكم الله وعلينا أن نتقبله بالصبر، وندعو للفقيدة بالغفران، ونذكر فضائلها.

ختاماً نسأل الله أن يتعهد الراحلة الكريمة برحمته ورضوانه، وأن يلهمنا جميعاً الصبر والسلوان.

صديقكم الوفي

....

نماذج خطاب رد على التعزية

نموذج (١)

المصدر والتاريخ :

سيدي الأخ الكريم :

تلقيت تعزيتكم الرقيقة التي كانت بلسماً لجراحي وشفاء لأحزاني وأتراحي، تردني إلى الهدى والرشاد. فأسأل الله الذي كلنا له وإليه أن يهب لنا من جميل الصبر ما يجبر المصاب، ويجزل عليه الثواب، وأن يصرف عنكم كل مكروه، ويحقّق لك خير ما ترجوه.

أخوك المخلص

....

نموذج (٢)

بينما أنا غارق في بحار الأحزان والهموم وافاني خطابك. إن ما جاء به من رقيق التعزية وبليغ الأمثال والحكم قد خففت ما كنت أشعر به من الحزن والكدر، ولذا أسأله تعالى أن يبعد عنكم كل مكروه، ويحفظكم بعين عنايته ورعايته.

الصديق المخلص

....

نموذج (٣)

نشكر جميع الأهل والأصدقاء الذين تلطفوا وعزونا بمصابنا الأليم بوفاة ....، وبردوا لوعة أحزاننا، وخففوا حرقة أشجاننا. نسأل الله أن يقيكم كل أذى وبلية، ويُقدرنا على مكافأتهم في مواقف الفرح والأنس.

صديقكم الوفي

....

بسم الله الرحمن الرحيم

يا أَيَّتُهَا النَّفْسُ الْمُطْمَئِنَّةُ ارْجِعِي إِلَى رَبِّكِ رَاضِيَةً مَّرْضِيَّةً فَادْخُلِي فِي عِبَادِي وَادْخُلِي جَنَّتِي

صدق الله العظيم

بقلوب مؤمنة بقضاء الله وقدره

نتقدم

بخالص العزاء وصادق المواساة إلى الزميل

أحمد

لوفاة المغفور له بإذن الله تعالى

والــده

سائلين المولى عز وجل أن يتغمد الفقيد بواسع رحمته

ويسكنه فسيح جناته ويلهم أهله وذويه الصبر والسلوان

(إِنَّا لِلَّهِ وَإِنَّا إِلَيْهِ رَاجِعُونَ)

مؤسسة دبي للإعلام

DUBAI MEDIA INC

البيان   الإمارات اليوم   7|24   قطاع النشر

بسم الله الرحمن الرحيم
والصلاة على سيد المرسلين

الشريف جميل بن ناصر   و   شقيقه الشريف حسين

يتقدمان بالشكر والتقدير على برقيتكم المعبرة عن مشاعركم الصادقة وعواطفكم النبيلة

بفقد والدهما المرحوم

الشريف ناصر بن جميل

مما كان له عميق الأثر في نفسيهما

داعين المولى جل وعلا ان يمنحكم الصحة السعادة ويجنبكم كل مكروه

الرسائل الدبلوماسية

إن الرسائل الدبلوماسية هي صنف من أصناف الرسائل الرسمية. وقد قسمت الرسائل الرسمية إلى أشكال متعددة حسب طبيعة العمل الإداري مثل الكتب والبلاغات والتعميمات والقرارات والمذكرات .... كما قسمت الرسائل الدبلوماسية إلى كتب (كتاب براءة اعتماد القناصل، كتاب طلب الاستمزاج وكتاب اعتماد أو استدعاء رئيس البعثة) مذكرات (تبادلها بين البعثات الموفدة ودوائر الدولة المستقبلة من أجل مصالح مشتركة بينهما في الميادين المختلفة سياسياً واقتصادياً وتجارياً وثقافياً وعسكرياً) وبلاغات (بيانات مشتركة) واتفاقات.

إن دارسي اللغة العربية من غير الناطقين بها لا يستخدمون هذه اللغة في مراسلات الحكومة الداخلية بل في المراسلات الدبلوماسية على الأرجح، لأن أعمالهم قد تكون في السلك الدبلوماسي من رؤساء البعثة أو المستشارين أو السكرتيرين أو الملحقين على اختلاف درجاتهم وهنا فنكتفي بتناول الرسائل الدبلوماسية.

في الرسائل الدبلوماسية لا تخاطب شخصاً بعينه وإنما تخاطب وظيفة أو مؤسسة أو مركزاً وترسل إلى رئيس الإدارة دائماً وتتسم هذه الرسائل بالإيجاز والوضوح والرصانة في التعبير.

وفي ما يلي بعض نماذج للكل من أشكالها.

نموذج رسالة الاستمزاج

الرقم :

التاريخ :

الموافق :

تهدى وزارة خارجية .... أطيب تحياتها إلى سفارة ....، وتتشرف بإعلامها بأن حكومة .... قد قررت ترشيح سعادة السيد .... ليكون سفيراً فوق العادة ومفوضاً لها لدى حكومة .... خلفاً لسعادة السيد ....، وترجو وزارة الخارجية من السفارة .... الكريمة أن تتلطف بنقل هذا الاستمزاج إلى حكومتها لأخذ موافقتها على هذا الترشيح.

مرفق بطيه نبذة عن تاريخ حياة سعادة السيد ....

تنتهز وزارة الخارجية هذه الفرصة لتعرب لها عن فائق احترامها وتقديرها.

الختم

إلى السفارة ....

نموذج كتاب استدعاء سفير

من

رئيس ....

إلى

جلالة الملك .... (أو فخامة رئيس ....)

عزيزنا وصديقنا العظيم :

نظراً لما اقتضته إرادتنا بأن يعهد بالمهمة الجديدة إلى السيد .... فقد رأينا إنهاء المهمة الرفيعة التي كان يؤديها لدى جلالتكم (أو سيادتكم) بوصفه سفيرنا فوق العادة ومفوضنا. بعد أن حاز على رضائنا لقيامه بمهام أعماله بجدارة وإخلاص وتنفيذه أوامرنا على الدوام.

هذا وإننا نأمل أن يكون قد اكتسب أيضاً عطف ورضى جلالتكم (أو سيادتكم) وأنني أنتهز هذه المناسبة لأجدد لجلالتكم (أو سيادتكم). ما سبق وأكدته من عظيم احترامي وثابت مودتي.

صديقكم الوفي

(التوقيع)

صدر عن قصر رئيس الجمهورية في .... في اليوم .... من شهر .... هجرية الموافق اليوم .... من .... سنة ميلادية.

وزير الخارجية

التوقيع والختم

نموذج كتاب اعتماد سفير

من

.... رئيس جمهورية ....

إلى

جلالتكم الملك ....   (أو سيادة رئيس ....)

عزيزنا وصديقنا العظيم :

لما لنا من شديد الرغبة في توثيق عرى المحبة والصداقة التي تربط لحسن الحظ بلدينا فقد وقع اختيارنا على السيد .... ليكون سفيرنا فوق العادة ومفوضنا لدى جلالتكم (أو سيادتكم). وإن ما خبرناه من ولائه وإخلاصه في خدمتنا وما عرفناه من مقدرته في المناصب التي تقلدها ليجعل لنا وطيد الأمل في أن يكون النجاح حليفه في تأدية المهمة الرفيعة التي عهدنا إليه بها.

ولاعتمادنا على غيرته وعلى ما سيبذل من صادق الجهد ليكون أهلاً لعطف جلالتكم (أو سيادتكم) وحسن تقديركم فأننا نرجو أن تتفضلوا فتحوطوه بتأييدكم، وتولوه رعايتكم، وتتلقوا منه بالقبول وتمام الثقة ما يبلغه من جانبنا ولا سيما عندما يحظى بشرف الإعراب لجلالتكم (أو سيادتكم) عما نتمناه لشخصكم العظيم من العز والسعادة ولبلادكم وشعبكم من الرغد والسؤدد.

صديقكم الوفي

(التوقيع)

صدر عن قصر رئيس الجمهورية .... في .... في اليوم .... من شهر .... سنة هجرية الموافق اليوم .... من شهر .... سنة .... ميلادية.

وزير الخارجية

التوقيع

نموذج كتاب تعيين قناصل

من

.... رئيس جمهورية ....

إلى

كل من يطلع على هذه البراءة القنصلية تحية وسلاماً

نظراً لما نعهده في السيد .... من صفات النشاط والإخلاص فقد اخترناه وعيّناه قنصلاً .... لنا لدى المملكة / الجمهورية .... على أن يشمل اختصاصه (أسماء المدن) ....

وأن يقوم بجميع المهام المتعلقة بمنصبه، وأن يتمتع بجميع الحصانات والحقوق التي تقرها القوانين والأنظمة في سبيل حماية ورعاية مصالح الرعايا .... المقيمين والمسافرين والمارين في منطقته المذكورة.

فنرجو من السلطات .... أن تتفضل بالاعتراف بالسيد .... بهذه الصفة، وأن تمد له يد العون والمساعدة في جميع ما يحتاج إليه.

صدر عن القصر الجمهوري بـ.......... في اليوم .... من شهر .... سنة .... هجرية الموافق لليوم .... شهر .... سنة .... ميلادية وفي السنة .... من حكمنا.

وزير الخارجية

التوقيع

نموذج رسالة إشعار بوصول رئيس البعثة

الرقم :

التاريخ :

الموافق :

يهدي مكتب ممثل جمهورية .... بـ............. أصدق تحياته إلى وزارة الخارجية .... وجميع البعثات المعتمدة لدى المملكة .... ويتشرف بإفادتها بأن سعادة السيد .... الممثل الاقتصادي والثقافي لدى المملكة .... قد وصل إلى .... وباشر مهام منصبه.

ينتهز المكتب هذه الفرصة للإعراب عن فائق تقديره واحترامه.

(الختم)

إلى ....

نموذج إشعار بوصول مستشار السفارة

تهدى سفارة .... أطيب تحياتها إلى وزارة الخارجية .... والبعثات الدبلوماسية المعتمدة لدى ....، ويسعدها أن تنهي إلى علمها أن السيد .... مستشار السفارة وصل إلى ....، وباشر أعماله اعتباراً من تاريخه.

وسيخلف السيد .... المستشار السيد .... الذي نقل إلى منصب آخر، وقد غادر .... نهائياً.

تنتهز سفارة .... هذه الفرصة لتعرب لوزارة الخارجية وجميع البعثات الدبلوماسية عن عظيم امتنانها وتقديرها.

الختم

إلى البعثات الدبلوماسية المعتمدة لدى ....

نموذج تعميم

تهدى سفارة .... أطيب تحياتها إلى وزارة خارجية .... والمنظمات الدولية والبعثات الدبلوماسية المعتمدة لدى .... ويسرها أن ترفق بطيه صورة من الختم الجديد الذي سيستخدمه قسم الشؤون القنصلية اعتباراً من ....هـ الموافق ....م كما ترفق طيه نماذج لتوقيع السيد .... المخوّل بالتوقيع على الوثائق والتأشيرات الصادرة من قبل القسم من هذه السفارة.

وتنتهز السفارة هذه الفرصة لتعرب لها عن أطيب تمنياتها.

الختم

الرقم .... التاريخ ....هـ الموافق ....م

المرفقات: (١) صورة الختم (٢) نموذج التوقيع

نموذج دعوة لزيارة رسمية

الرقم :

التاريخ :

الموافق :

يهدى مكتب الممثل الاقتصادي والثقافي لـ............ بعمان تحياته إلى وزارة خارجية المملكة الأردنية الهاشمية، ويتشرف بإعلامها أن المكتب قد تسلم تعليمات مفادها أن حكومة الجمهورية .... قد قررت توجيه دعوة إلى سمو الأمير .... لزيارة جمهورية .... في الوقت الذي يناسب سموه وذلك لتعزيز أواصر الصداقة القائمة بين جمهورية .... والمملكة ....

ويرجو المكتب من الوزارة الكريمة أن تبلغ سموه هذه الدعوة، وتعلمه بما سيتم بهذه الشأن. ينتهز المكتب هذه المناسبة ليعرب للوزارة الكريمة عن فائق احترامه.

الختم

وزارة خارجية المملكة الأردنية الهاشمية

نموذج آخر لدعوة لزيارة رسمية

الرقم :

التاريخ :

الموافق :

معالي وزير الاقتصاد الوطني الدكتور .... المحترم

تحية طيبة وبعد :

بناءً على تعليمات الوزارة الاقتصادية في بلادنا أتشرف بالنيابة عنها بتقديم دعوتها الودية إلى معاليكم ونخبة من أركانكم لزيارة جمهورية .... في .... وذلك لتعرف عن كثب على أوجه النشاطات في المجالات الاقتصادية المختلفة وتباحث إمكانيات التعاون لصالح بلدينا.

فأرجو رجاء صادقاً من معاليكم أن تتمكنوا من تلبية هذه الدعوة، وإني سأكون شاكراً جداً إن تكرمتم بإفادتي عن قراركم وتزويدي بنبذة سيرتكم ونبذة عن أعضاء الوفد المرافق لكم مصحوبة بصورتين شمسيتين ذلك لعمل برنامج الزيارة.

مع أعلى تحياتي وأعظم تقديري.

المخلص

....

سفير (الممثل) جمهورية ....

نموذج مذكرة مكتب الممثل الاقتصادي
إلى وزارة الخارجية

الرقم :

التاريخ :

الموافق :

يهدي مكتب ممثل الجمهورية .... بالرياض أصدق تحياته إلى وزارة خارجية .... الموقرة، ويتشرف بإفادتها بان وزارة الاقتصاد .... ترغب في إرسال وفد اقتصادي مكون من ٢٥ شخصاً لزيارة .... لمدة عشرة أيام وذلك لتعزيز العلاقات الاقتصادية بين بلدينا.

ومن المقرّر أن يصل الوفد إلى .... في .... الموافق .... لذا يأمل المكتب وزارتكم الكريمة اعتماد مكتبكم الاقتصادي في .... يمنح أعضاء الوفد تأشيرة الدخول اللازمة كما يرجوها التوسط لدى سلطات الجمارك المختصة لتقديم التسهيلات الضرورية لهم عند وصولهم.

يسر مكتب ممثل جمهورية .... أن يغتنم هذه الفرصة ليعرب لوزارة خارجية .... عن عظيم امتنانه وتقديره.

(الختم)

إلى وزارة خارجية .... الموقرة

نموذج حول إقامة حفلة

الرقم :

التاريخ :

المكرم مدير فندق حياة رجنسي .... المحترم.

بعد التحية :

يرغب سعادة ممثل مكتب جمهورية .... بـ........... في إقامة حفل عشاء لعدد .... شخصاً على شرف وفد الاقتصاد .... في الصالة الخاصة، وذلك في يوم ....هـ الموافق ....م الساعة .... مساء.

نأمل تأكيد الحجز وموافاتنا بالمستحق لكم مع إعادة أصل هذا التأكيد (الاعتماد) (بفاتورة مطالبتكم لتسديدها لكم). وستتم محاسبتكم وفقاً لعدد الحضور كما اتفقنا.

وتقبلوا تحياتنا.

مدير العلاقات العامة

مكتب الجمهورية ....

....

نموذج دعوة إلى حفل عشاء

تكريماً لمعالي ....

يسرنا دعوتكم لتناول طعام العشاء الذي سيقام في الساعة .... من مساء يوم .... هـ الموافق .... م في مقر مكتب الممثل.

مقدراً لكم حضوركم.

نموذج خطاب الوداع

معالى ....   (أو سعادة ....)

في الوقت الذي أغادر فيه بلادكم الجميلة تغمرني مشاعر السعادة للفرصة التي أتيحت لنا للقاء بـ.......... ومشاهدة معالم النهضة الصناعية والاقتصادية والتعرف عن كثب على شعبكم العظيم.

إننا نود أن نعرب لكم عن بالغ تأثرنا بكل ما شاهدناه في كل مكان زرناه وإعجابنا بالحضارة الوطنية لدى شعبكم العظيم وتقاليده العريقة وما أبداه من نبل وكرم وحرارة في استقباله لنا.

إننا نتمنى لكم ولشعبكم الصحة الدائمة والسعادة، ونتطلع إلى تشريفكم بزيارة بلادنا متى ترون ذلك مناسباً لكم. كما نتمنى لوطنكم الجميل ولشعبكم العظيم المزيد من التقدم والازدهار والاستمرار في خطواته الجبارة لتحقيق أهدافه العظيمة.

المخلص

....

رئيس الوفد الاقتصاد .....□ ....

نموذج طلب إصدار رخصة السوق ولوحة السيارة

تهدي سفارة .... في (اسم مدينة) تحياتها إلى وزارة خارجية .... وترجو إليها التوسط لدى مديرية السير العام (إدارة المرور) لتسجيل استمارة السيارة الجديدة الخاصة بالسيد .... السكرتير الثاني بالسفارة مع إصدار رقم اللوحة الدبلوماسية ورخصة السوق الخاصة به مع إعفاء من الرسوم المترتبة على ذلك حسب العادة الدبلوماسية المعتادة والمعاملة بالمثل.

ترفق طيه صور أوراق ضرورية لذلك وهي صورة الرخصة التي يحوز عليها السيد .... من بلده وخمس صور فوتوغرافية (شمسية) له وبيان معلومات عن مواصفات السيارة.

تنتهز السفارة هذه الفرصة لتعرب لوزارة الخارجية الكريمة عن شكرها وتقديرها للتعاون الصادق.

إلى وزارة خارجية ....

الرقم .... التاريخ .... الموافق ....

المرفقات : (١) .... (٢) .... (٣) ....

نماذج مذكرة

نموذج (١)

تهدي سفارة .... أطيب تحياتها إلى وزارة خارجية .... والبعثات الدبلوماسية المعتمدة لدى ....، وتتشرف بإعلامها أن سعادة السيد سفير .... سيسافر مع عائلته يوم .... الموافق .... لقضاء إجازته السنوية في وطنه وسيقوم بأعمال السفارة السيد .... المستشار بالسفارة بصفة قائم بالأعمال بالنيابة طيلة غياب سعادته.

تغتنم السفارة هذه الفرصة لإعراب عن فائق تقديرها واحترامها.

الختم

إلى ....
....

نموذج (٢)

يهدي مكتب الممثل الاقتصادي والثقافي لـ................. بـ................. تحياته إلى أمانة ....☐ قسم مصلحة المياه ويود إعلامها أن ملحق المكتب السيد .... الذي يقطن في عمارة .... شارع .... قد نقل إلى مركز آخر، سيخلى البيت المذكور اعتباراً من .... وإنهاء اشتراكه رقم .... مع تقديم إعلام المقطوعية فوراً بعد ذلك له لكي يسدد ما عليه قبل سفره.

ينتهز هذا المكتب هذه المناسبة ليعرب لأمانة .... عن شكره وتقديره لحسن التعاون معه.

نماذج جواب على المذكرات

نموذج (١)

تهدى سفارة .... أطيب تحياتها إلى وزارة خارجية .... وبالإشارة إلى مذكرة الوزارة الكريمة رقم .... وتاريخ .... وأخذت علماً بمضمونها.

تنتهز السفارة هذه الفرصة لتعرب لوزارة الخارجية عن فائق احترامها وتقديرها.

الختم

إلى وزارة خارجية ....

نموذج (٢)

تهدى سفارة .... أطيب تحياتها إلى سفارة .... الموقرة، وتتشرف بأن تنهي إلى علمها بأنها اتصلت بمذكرتها المؤرخة في .... وتحت رقم ....، وأخذت علماً بما احتوت عليه.

وتنتهز السفارة هذه الفرصة لتعرب للسفارة الموقرة عن فائق احترامها وعظيم تقديرها.

الختم

إلى سفارة ....

نموذج (٣)

تهدى وزارة خارجية .... أطيب تحياتها إلى .... وبالإشارة إلى مذكرتها رقم .... وترجو أن تعلمها أن وزارة الخارجية قد أحاطت علماً بمحتوياتها، وأوعزت إلى الجهات المختصة لتقديم كافة التسهيلات الممكنة عند وصول الوفد وإعفاء ما مع اعضائه من رسوم الواردات.

تنتهز ....

نموذج (٤)

تهدي وزارة خارجية جمهورية .... أطيب تحياتها إلى المكتب السعودي التجاري بـ........... وتتشرف هذه الوزارة بأن تنقل إلى علم المكتب الكريم أنه قد تم الإيعاز إلى الجهات المعنية لوضع برنامج للوفد التجاري السعودي لدى وصوله إلى .... بتاريخ ....

الختم

إلى المكتب السعودي التجاري بـ...........

الرقم .... التاريخ .... الموافق ....

المرفق : ٢٠ نسخة من برنامج الزيارة.

نموذج البيان المشترك

تلبية للدعوة التي تلقاها فخامة الرئيس .... والسيدة عقيلته من جلالة الملك .... ملك المملكة الأردنية الهاشمية فقد قام فخامتهما بزيارة الأردن في فترة الواقع بين ٢--- ٦ إبريل ....م.

وقد رافق فخاحة الرئيس .... والسيدة عقيلته السيد .... رئيس الوزراء والسيدة عقيلته، السيد .... مدير عام مكتب الإعلام الحكومي، والسيد .... وزير الاقتصاد، والدكتور .... الممثل .... في الأردن والسيد .... رئيس التشريفات بالقصر الجمهوري.

هذا، وقد عقدت اجتماعات بين فخامة الرئيس .... وجلالته الملك .... ملك المملكة الأردنية الهاشمية، كما اشترك في هذه الاجتماعات السيد .... وزير خارجية الأردن والدكتور .... وزير التجارة والصناعة، والسيد .... رئيس المجلس القومي للتخطيط.

وخلال هذه الاجتماعات تبودلت وجهات النظر الكفيلة بدعم وتقوية العلاقات الثنائية بين جمهورية .... والمملكة الأردنية الهاشمية، كما تباحث الطرفان في المواضيع الدولية ذات الاهتمام المتبادل.

وقد جرت هذه الاجتماعات في جو من الصداقة والتفاهم. وقد أعرب رئيسا الدولتين عن ارتياحهما للتطور البنّاء الذي تسير فيه العلاقات بين البلدين واتفقا في الراي على أن زيارة فخامة الرئيس .... للأردن قد ساعدت على تعميق دعائم العلاقات التاريخية الجيدة القائمة بين جمهورية .... والمملكة الأردنية الهاشمية.

وفي مجال بحث المشاكل الدولية، أكد الجانبان على أهمية ميثاق الأمم المتحدة وعلى ضرورة التقيد بأهداف المنظمة الدولية ومبادئها، كما عبّرا عن استعدادهما لتأييد الأمم المتحدة في جهودها لتخفيف التوتر في جميع أنحاء العالم، وفي المحافظة على السلام العالمي بإيجاد حلول سلمية للنزاعات الدولية.

وقد أوضح فخامة الرئيس .... أسباب النزاع المستمر في ....، وأعرب عن رغبة جمهورية .... في البحث مع خصمها كيفية تخفيف حدة التوتر في تلك المنطقة جدياً. كما أعرب عن سعي جمهورية .... لسياسة الانفراج على أساس مبادئ المساواة والنوايا الطيبة وعن أملها في تعزيز مكانتها في الساحة الدولية.

وأعرب الرئيسان عن اعتقادهما بأن للتعاون بين البلدين في حقول الاقتصاد والتجارة والثقافة مصالح مشتركة بينهما، وعبّرا عن القناعة بضرورة اتخاذ خطوات لتطوير العلاقات الاقتصادية والثقافية بين الدولتين وعقد اتفاقيات لتحقيق هذه الأغراض.

وأثناء زيارتهما للأردن زار صاحبا فخامة الرئيس .... والسيدة عقيلته والوفد المرافق لهما غور الأردن والبحر الميت وميناء العقبة لمشاهدة مشاريع التنمية فيها، كما زارا الأماكن الأثرية في البتراء وجبل نيبو.

هذا وقد عبر فخامة الرئيس .... بالأصالة عن نفسه وبالنيابة عن السيدة عقيلته عن شكرهما العميق وتقديرهما للترحيب الحار وكرم الضيافة اللذين أبداهما جلالة الملك .... وحكومة الأردن وشعبه نحوهما.

وفي ختام الزيارة الرسمية تفضل فخامة الرئيس .... بتوجيه الدعوة الرسمية لصاحب الجلالة الملك .... ملك المملكة الأردنية الهاشمية للقيام بزيارة رسمية لجمهورية ....، وقد قبل صاحب الجلالة الدعوة بكل سرور، واتفاق على أن يحدد موعد الزيارة فيما بعد بالطرق الدبلوماسية.

صدر في كل من .... وعمان في اليوم السادس من شهر إبريل سنة ....م الموافق ....هـ.

نص البيان المشترك السعودي الصيني

بناء على الدعوة الموجهة من صاحب الجلالة الملك خالد بن عبد العزيز آل سعود ملك المملكة العربية السعودية ، قام فخامة الرئيس يان جيا كانغ رئيس جمهورية الصين بزيارة رسمية إلى المملكة العربية السعودية في الفترة ما بين ٢٤ حتى ٢٦ رجب ١٣٩٧ ه الموافق ١٠ - ١٢ يوليه ١٩٧٧م . وقد استقبل الضيف الكبير والوفد المرافق له استقبالا حارا ووديا على الصعيدين الرسمي والشعبي ، وقد عبر فخامة الرئيس يان عن عميق تقديره وامتنانه لهذا الاستقبال الحار وكل الضيافة والحفاوة البالغة التي قوبل بها ، وأبدى تقديره الكبير للمنجزات العظيمة التي حققتها المملكة العربية السعودية في جميع المجالات ، وهي تمضي بشجاعة فائقة قدما للأمة بقيادة صاحب الجلالة الملك خالد المعظم نحو الهدف لإشادة البناء القومي والتنمية الاقتصادية والاجتماعية وأعرب عن إعجابه العظيم بالزعامة الروحية التي هيأتها المملكة العربية السعودية للعالم الإسلامي وللدور الرئيسي الذي تلعبه المملكة ليس فقط بالنسبة لتوطيد التضامن بين الدول العربية والإسلامية فحسب ، بل وأيضا بالتمسك بمبادئ تحقيق السلام والحرية والعدالة للإنسانية .

وقد أجرى الزعيمان الكبيران محادثات اتسمت بروح التفاهم التام والصداقة الوثيقة ، حيث تبادلا الأراء في الأمور ذات المصالح المشتركة وفي القضايا الدولية ذات الاهتمامات المشتركة . واشترك فيها من الجانب الصيني :

معالي السيد لين جين شن	وزير المواصلات
معالي الادميرال ني يو شي	رئيس هيئة الأركان الخاص بالرئيس
معالي السيد هـ . ك . يانغ	نائب وزير الخارجية للشؤون السياسية
سعادة السيد يو تشي شيوئه	سفير الصين لدي المملكة العربية السعودية
سعادة السيد داؤد تينج	وزير مفوض بوزارة الخارجية
سعادة السيد يه جيا أو	مساعد مدير ادارة آسيا الغربية بوزارة الخارجية

واشترك فيها من الجانب السعودي :

صاحب السمو الملكي الأمير	
فهد بن عبد العزيز	ولي العهد ونائب رئيس مجلس الوزراء

صاحب السمو الملكي الأمير	
سلطان بن عبد العزيز	وزير الدفاع والطيران والمفتش العام
صاحب السمو الملكي الأمير	
سعود الفيصل	وزير الخارجية
معالي الدكتور رشاد فرعون	المستشار الخاص لجلالة الملك المعظم
معالي الشيخ أبا الخيل	وزير المالية والاقتصاد الوطني
معالي الدكتور عبد الرحمن آل الشيخ	وزير الزراعة
معالي الدكتور غازي القصيبي	وزير الصناعة والكهرباء
سعادة السيد أحمد عبد الله سراج	مدير الإدارة الشرقية بوزارة الخارجية
سعادة السيد فوزي شبكشي	القائم بأعمال سفارة المملكة العربية السعودية

وعبر الزعيمان عن ارتياحهما للنمو الدائم للعلاقات السياسية والاقتصادية والتقنية بين البلدين ، وتوافق أهدافهما وآمالهما المنبثقة عن الصداقة التقليدية القائمة على المثل الرفيعة والتضامن الأخرى . وأكدا أهداف بلديهما وشعبيهما للدفاع عن السلام والحرية وحقوق الإنسان ضد جميع أنواع الظلم والعدوان والاضطهاد .

واستعرض الزعيمان المشاكل التي تواجه الشرق الأوسط حيث اتفقا على أنه من الأهمية لصيانة السلام العالمي للوصول إلى حل سريع لها مبني على الاعتراف بالحقوق الشرعية العادلة للشعب الفلسطيني ، بما في ذلك حق تقرير المصير وانسحاب إسرائيل الكامل من الأراضي العربية المحتلة بما في ذلك القدس .

وقد عبر الرئيس يان عن تقديره العظيم للجهود البناءة الإيجابية التي مازال يبذلها صاحب الجلالة الملك خالد نحو تحقيق هذا الهدف .

واستعرض زعيما الدولتين بسرور النتائج المثمرة للدورة الثانية للجنة المشتركة الدائمة للتعاون الاقتصادي والفني بين جمهورية الصين والمملكة العربية السعودية ، والتي عقدت مؤخرا في الرياض ، وأكد فخامة الرئيس يان رغبة بلاده الصادقة لمواصلة وزيادة مساهمة بلاده لتحقيق أهداف الخطة الخماسية للتنمية في المملكة العربية السعودية . كما أكد الزعيمان إيمانهما بالأسس القوية التي يبني

عليها التعاون بين البلدين في الميادين التجارية والاقتصادية والفنية . وإن تبادل الزيارات على جميع المستويات يهدف إلى توثيق وتوسعة هذا التعاون .

وقد أثنى جلالة الملك خالد على الجهود التي تبذلها جمهورية الصين لصيانة الحرية والعدالة في آسيا ، وعلى المنجزات الهادفة لتنمية اقتصاد ورفاهية الشعب الصيني ، بحيث أصبحت مثلا حسنا لكثير من الدول النامية .

وقد قدم فخامة الرئيس يان الدعوة إلى صاحب الجلالة الملك خالد لزيارة جمهورية الصين والتي قبلها جلالته بكل سرور ، على أن يحدد موعدها في وقت لاحق .

نموذج اتفاقية اقتصادية وتجارية

وقعت في وزارة الاقتصاد الوطني أمس الاتفاقية الاقتصادية والتجارية بين حكومتي جمهورية .... والمملكة .... وقد وقع الاتفاقية عن الجانب .... وكيل وزارة الاقتصاد الوطني الدكتور ....، ووقعها عن الجانب .... المستر .... سفيرها المعتمد في ....

فيما يلي النص الحرفي للاتفاقية الاقتصادية والتجارية.

إن حكومة .... وحكومة .... المشار إليهما فيما يلي – بالفرقين المتعاقدين – أعربتا رغبة منهما في توسيع وتنمية العلاقات الاقتصادية والتجارية بينهما على أساس المساواة والمنافع المشتركة تهدف تعزيز أواصر الصداقة القائمة بين بلديهما قد اتفقتا على ما يلي : --

المادة الأولى

يتخذ الفريقان المتعاقدان جميع الإجراءات اللازمة لتنمية التجارة بين بلديهما وتشجيع التعامل التجاري بينهما بواسطة تبادل الوفود التجارية.

المادة الثانية

يمنح كل من الطرفين المتعاقدين تجارة البلد الآخر معاملة الدولة الأكثر رعاية فيما يتعلق بإصدار الرخص، والإجراءات والرسوم الجمركية والضرائب ورسوم التخزين وغيرها من الرسوم ذات العلاقة بتصدير واستيراد البضائع التي يجري تبادلها بين البلدين.

المادة الثالثة

تتم عمليات التبادل التجاري بين البلدين وفقاً للقوانين والأنظمة والإجراءات السارية في بلد كل من الطرفين المتعاقدين فيما يتعلق بتصدير واستيراد السلع ووفقاً لشروط العقود الموقعة بين المصدرين والمستوردين في كلا البلدين.

تتم تسوية الخلافات التجارية التي تنشأ عن تبادل السلع بين البلدين بالطرق الودية وفقاً للإجراءات التي تعتمدها الغرفة التجارية الدولية.

المادة الرابعة

يجري تسديد جميع المدفوعات الناشئة عن تبادل السلع والبضائع بين البلدين وسائر المدفوعات الأخرى بدولار الولايات المتحدة الأمريكية أو أية عملة أخرى قابلة للتحويل يتفق عليها الطرفان المتعاقدان وفقاً لأنظمة العملة الأجنبية المعمولة بها في البلدين.

المادة الخامسة

تتمتع السفن التجارية التي تحمل علم أي من الفريقين المتعاقدين في أي من البلدين بمعاملة الدولة الأكثر رعاية الممنوحة بموجب القوانين والأنظمة والإجراءات الخاصة ببلديهما للسفن التي تعمل تحت علم دولة ثالثة. ولا تطبق أحكام هذه المادة على السفن التي تتعاطى التجارة الساحلية، أو بالنسبة للتسهيلات التي تمنحها حكومة .... للسفن التي تعمل تحت علم دولة عضو في جامعة الدولة العربية.

المادة السادسة

يسعى كل من الفريقين المتعاقدين لتشجيع الاستثمارات الراسمالية في بلد الطرف الآخر، وتشجيع المشاريع المشتركة وتبادل الخبرات الفنية وغيرها من أشكال التعاون الاقتصادي والتكنولوجي بقصد تنمية العلاقات التجارية بين بلديهما.

المادة السابعة

يوافق الفريقان المتعاقدان، رغبة منهما في تسهيل تنفيذ هذا الاتفاق على إجراء مشاورات بينهما، خلال أقصر مدة ممكنة بحيث لا تتعدى خمسة وأربعين ‪-‬ ‪45‬ ‪-‬ يوماً من تاريخ تسلم أحد الفريقين المتعاقدين الطلب من الفريق الآخر بإجراء المشاورة المتعلقة بالتجارة والمدفوعات بين البلدين.

المادة الثامنة

تصبح هذه الاتفاقية نافذة المفعول اعتباراً من تاريخ تبادل الإشعار باكتمال الإجراءات القانونية لدى كل من الفريقين المتعاقدين، وتستمر سارية المفعول لمدة سنتين ما لم يطلب أحد الفريقين المتعاقدين بموجب إشعار خطي يبلغه للفريق الآخر انتهاءها خلال مدة لا تقل عن تسعين ‪-‬ ‪90‬ ‪-‬ يوماً من التاريخ المحدد لانتهائها.

تستمر أحكام هذا الاتفاق نافذة بالنسبة لجميع العقود المبرمة في ظلها حتى ولو لم تكن قد نفذت بكاملها عند انقضاء هذا الاتفاق.

وقع هذا الاتفاق في .... يوم الاثنين الواقع في الرابع عشر من شوال سنة .... للهجرة الموافق اليوم التاسع عشر من تشرين الثاني سنة .... ميلادية، على ثلاث نسخ كل من اللغات العربية و............ والانجليزية ويكون لكل منها عين المقام والاعتبار وفي حالة أي اختلاف في تطبيق نصوصه فأن النص باللغة النجليزية تعتبر النص المعتمد.

اتفاقية ثقافية بين

جمهورية ....

-- و --

المملكة ....

إن حكومة جمهورية ....،، وحكومة المملكة ....،، بناء على رغبة كل منهما في توثيق روابط الصداقة وتمتين أواصر التفاهم والتضامن المشترك بين شعبيهما في طريق التبادل والتعاون الثقافيين.

قررتا عقد اتفاقية وفقاً لمبادئ ميثاق هيئة الأمم المتحدة ودستور منظمة هيئة الأمم المتحدة للتربية والعلوم والثقافة، وعينتا مفوضيهما لهذه الغاية.

عن

حكومة جمهورية ....

سعادة السيد الدكتور ....

السفير فوق العادة والوزير المفوض لجمهورية ....

في المملكة ....

عن

حكومة المملكة ....

معالي السيد ....

وزير التربية والتعليم في المملكة ....

اللذان بعد تبادل وثائق تفويضهما ووجداها صحيحة اتفقا على ما يلي.

المادة الأولى

يسعى الطرفان المتعاقدان إلى بذل التسهيلات الممكنة لتحسين التبادل والتعاون الثقافي بين بلديهما.

المادة الثانية

يسعى كل من الفريقين المتعاقدين في بلده إلى تشجيع دراسة لغة الطرف المتعاقد الآخر وآدابه وتاريخه وفلسفته وعلمه وفنه ومظاهر نشاطه الثقافي الأخرى.

المادة الثالثة

يسعى كل من الفريقين المتعاقدين على أساس التبادل بالمثل إلى إنشاء كراسي تدريس وزمالات و☐ أو بعثات في معاهده الثقافية وذلك لتمكين مواطني الطرف المتعاقد الآخر من إلقاء المحاضرات أو الدراسة في الجامعات أو المعاهد الثقافية الأخرى.

المادة الرابعة

يسعى الفريقان المتعاقدان إلى تسهيل إقامة أقسام خاصة في مكتباته العامة تكرس للمنشورات المتعلقة ببلد الطرف الآخر، ويسعى لتزويد هذه المكتبات بصورة منتظمة بالنشرات العلمية والأدبية والفنية والنشرات الأخرى التي تصدر في بلد الطرف الآخر.

المادة الخامسة

يسعى الفريقان المتعاقدان إلى تشجيع النشاطات الثقافية الآتية ودعمها.

١ـ زيارات الملحقين من أحد الطرفين المتعاقدين لبلد الطرف الآخر.

٢ـ تبادل المطبوعات.

٣ـ تبادل الأفلام والبرامج الإذاعية والتلفزنية.

٤ـ تنظيم المعارض والحفلات الموسيقية والتمثيلات المسرحية التي يقيمها احد الطرفين في بلد الطرف الآخر.

٥ـ تنظيم المباريات الرياضية بين مواطنيهما.

٦ـ وأية نشاطات ثقافية أخرى قد تكون مؤدية إلى توثيق العلاقات الودية بين البلدين.

المادة السادسة

يسعى الفريقان المتعاقدان إلى تسهيل الزيارات السياحية من بلد كل منهما للبلد الآخر.

المادة السابعة

لأحد الفريقين المتعاقدين عندما يبدو ذلك ضرورياً أن يوفد ممثلين له يفوضهم لبحث مسؤوليات التبادل والتعاون الثقافيين إلى بلد الطرف الآخر.

المادة الثامنة

يبرم الطرفان المتعاقدان الاتفاقية الحالية وفقاً للإجراءات الدستورية في كل بلد من بلديهما ويتم تبادل وثائق الإبرام في مدينة ....

المادة التاسعة

تصبح هذه الاتفاقية سارية المفعول من تاريخ تبادل وثائق الإبرام وتبقى كذلك لمدة عشر سنوات ما لم يشعر أي من الطرفين المتعاقدين الطرف الآخر بنيته إنهاء هذه الاتفاقية قبل ستة أشهر من تاريخ انتهائها فإنها تستمر سارية المفعول لمدة عشر سنين أخرى وتبقى إجراءات إنهائها خاضعة لنفس الطريقة.

المادة العاشرة

وضعت هذه الاتفاقية على نسختين في كل من اللغات الصينية والعربية والانجليزية ويعول على النص الانجليزي في حالة الاختلاف على التفسير.

وبناء على ذلك قام مفوضا الطرفين المتعاقدين بتوقيع هذه الاتفاقية ومهراها بخاتميهما.

أنجزت (أُبرمت) في عمان في يوم ١٧ في شهر عشرة سنة .... لجمهورية .... الموافق لليوم الثامن من شهر جمادى الأول سنة ....هـ الموافق لليوم السابع من شهر تشرين الأول سنة .... ميلادية.

عن حكومة ....   عن حكومة ....

التوقيع   التوقيع

مذكرة التفاهم بين الجامعة الأردنية (المملكة الأردنية الهاشمية) و جامعة جينجي الوطنية (جمهورية الصين الوطنية تايوان)

تتبادل الجامعة الأردنية و جامعة جينجي الوطنية مذكرة التفاهم هذه لتطوير روح الصداقة مع بعضهم البعض.

١- هدف هذه المذكرة الارتقاء بالتعاون الأكاديمي و تبادل التعليم و تجارب البحث بين الجامعتين .

٢- ستتعاون الجامعتان لنمو الصداقة والسعي إلى بناء العلاقات التعاونية .

٣- اتفقت الجامعتان على :

أ- التبادل المعلوماتي ، و النتائج البحثية و العلمية.

ب التبادل و اللقاءات العلمية بين الباحثين و الدارسين.

ج- تبادل البعثات الطلابية .

د- إقامة المؤتمرات و اللقاءات العلمية الدولية المشتركة .

ه- التعاون في إقامة المشاريع العلمية المشتركة .

و- تفعيل الأنشطة الأخرى للرقي بمستوى التعاون .

٤- يتم التفاهم بشأن تفاصيل هذه المذكرة من قبل مندوبي الجامعتين .

٥- مذكرة التفاهم سارية منذ إمضائها من قبل مديري الجامعتين و لمدة خمس سنوات ، وقدتجدد و تراجع بموافقة الجامعتين .و في حال الرغبة في إنهاء هذه الاتفاقية فعلى الطرف الراغب في ذلك إشعار الطرف الآخر بإشعار مكتوب قبل نهاية الاتفاقية الموقعة بستة أشهر على الأقل .

٦- ترشح الجامعة الأردنية مديراً لمكتب العلاقات الدولية ، وترشح جامعة جينجي الوطنية مديراً لمركزالتبادل التعليمي الدولي ، كممثلين خاصين للتنفيذ الكامل لهذا الاتفاق .

٧- تكتب هذه المذكرة باللغة العربية و الانجليزية و الصينية في أصلين للاحتفاظ .

مدير جامعة جينجي الوطنية	مدير الجامعة الأردنية
د. جن روي شن	د . عبد الرحيم الحنيطي
٢٠٠٦/٠٣/١٦م	٢٠٠٦/٠٣/١٦م

معاهدة صداقة

بين

المملكة الأردنية الهاشمية

و

الجمهورية الصينية

صاحب الجلالة الملك حسين بن طلال المعظم ملك المملكة الأردنية الهاشمية من جهة

و

صاحب الفخامة رئيس جمهورية الصينية من جهة اخرى

لرغبتهما في اقامة روابط الصداقة وحسن التفاهم بين بلديهما ، فقد قررا عقد معاهدة صداقة ، وعينا لهذه الغاية مندوبيهما المفوضين .

من صاحب الجلالة الملك حسين بن طلال المعظم ، ملك المملكة الاردنية الهاشمية صاحب الدولة نائب رئيس الوزراء ، ووزير الخارجية السيد سمير الرفاعي .

من صاحب الفخامة رئيس جمهورية الصين .

صاحب السعادة الدكتور كي - سي - يه وزير خارجية جمهورية الصين

اللذين بعد ان تبادلا وثائق تفويضهما ووجداها صحيحة وموافقة للأصول ، قد اتفقا على ما يلي .

المادة الاولى

يسود العلاقات التي تربط بين المملكة الأردنية الهاشمية وجمهورية الصين سلم وطيد وصداقة دائمة .

المادة الثانية

يوافق الفريقان الساميان المتعاقدان على اقامة علاقات دبلوماسية بين الدولتين وفق مبادئ القانون الدولي ويوافقان كذلك على ان يتمتع المبعوثون السياسيون لكل من دولتيهما ضمن اراضي الفريق الآخر ، وعلى اساس المعاملة بالمثل ، بجميع الحقوق والامتيازات والحصانات المتعارف عليها بمقتضى القانون الدولي .

المادة الثالثة

يوافق الفريقان الساميان المتعاقدان على حق كل من الفريقين انشاء قنصليات في بلاد الفريق الآخر في الاماكن التي يتفق عليها. وللموظفين القنصليين لأي من الدولتين حق التمتع ضمن بلاد الفريق الآخر، وعلى أساس المقابلة بالمثل، بالمعاملة المتعارف عليها بمقتضى مبادئ القانون الدولي.

المادة الرابعة

يخضع رعايا كل من الفريقين الساميين المتعاقدين، وممتلكاتهم، في بلاد الفريق الآخر، الى القوانين والانظمة المعمول بها في تلك الدولة والى اختصاص محاكمها.

المادة الخامسة

يوافق كل من الفريقين الساميين المتعاقدين على منح رعايا الفريق الآخر حق التنقل والاقامة وممارسة الأعمال التجارية في جميع اراضي الفريق الآخر، وذلك وفقاً لأحكام قوانين تلك الدولة، وبذات الشروط التي تنطبق على رعايا اية دولة ثالثة:

ويسعى كل من الفريقين المتعاقدين الساميين على منح رعايا الفريق الآخر ضمن أراضيه، معاملة ليست اقل رعاية من المعاملة الممنوحة لرعايا دولته، وذلك فيما يختص بالأجراءات القانونية والأمور المتعلقة بتأمين العدالة وفرض الضرائب وما يختص بكل ذلك من الأصول.

المادة السادسة

يسعى الفريقان المتعاقدان الى تنمية وتقوية العلاقات التجارية والثقافية بين البلدين، ويوافقان كذلك على الدخول باقرب وقت ممكن في مفاوضات لعقد اتفاق للتجارة.

المادة السابعة

يجرى ابرام هذه المعاهدة وتصبح نافذة المفعول من تاريخ تبادل وثائق ابرامها في عمان في اقرب وقت ممكن. يجوز انهاء هذه المعاهدة بالغائها من قبل أي من الفريقين بشرط ان تبقى نافذة المفعول لمدة سنة واحدة بعد تاريخ الالغاء.

كتبت هذه المعاهدة في نسختين باللغات العربية والصينية والانجليزية، ويكون لنصوص هذه اللغات الثلاث عين المقام من الاعتبار.

وشهادة بما تقدم وقع المندوبون المفوضون المشار اليهم اعلاه على هذه المعاهدة وختموها باختامهم .

كتبت في عمان في هذا اليوم السادس والعشرين من شهر ربيع الثاني سنة ١٢٧٧ هجرية ، الموافق لليوم التاسع عشر من شهر الحادي عشر من السنة السادسة والاربعين للجمهورية الصينية ، اي التاسع عشر من شهر تشرين الثاني من سنة ١٩٥٧ الميلادية .

葉公超

التوقيع

التوقيع

參考書目

應用文指導	林守為編著	大孚書局
實用外交文牘	劉振鵬編	中華書局
國際貿易商用書信	高景炎編	新民教育社
現代商業英語與實務	卓美林編著	學習出版公司

المراجع

كيف تكتب رسائلك بالانكليزية (الطبعة الثالثة)

تأليف: الدكتور روحي البعلبكي (ابريل 1990)
دار العلم للملايين – بيروت

المدخل إلى المراسلات التجارية والحكومية

تأليف: عادل فهمي محمد بدر
دار محدلاوى لنشر والتوزيع – عمان

المراسلات التجارية وإدارة الأعمال

إعداد: المكتبة العالمي للبحوث
منشورات دار مكتبة الحياة – بيروت

رسائلي في جميع المناسبات

تأليف: أديب الزين
المكتبة الحديثة للطباعة والنشر – بيروت

الطريقة الميسرة للمراسلات التجارية باللغة الانكليزية

تأليف: عبد الرحمن صالح علوش

دار الشمل للطباعة والنشر والتوزيع – طرابلس لبنان

المراسلات التجارية

تأليف: مصطفى نجيب شاويش

دار الفكر للنشر والتوزيع – عمان الأردن

المرجع الكامل في فن المراسلات العصرية

إعداد: كريم نجدي حسن

بيت اللغات الدولية

فن المراسلات التجارية بالانكليزية

ترجمة: محمد فاتح المدرس

شعاع للنشر والعلوم – حلب سوريا

مراسلات في التجارة وإدارة الأعمال عربي – انكليزية

إعداد: منذر سرحان

الأهلية للنشر والتوزيع – عمان الأردن

國家圖書館出版品預行編目

阿拉伯語應用文 / 林建財 編著. -- 臺中市：
林建財，2017.11
面；　公分
ISBN 978-957-43-4914-2(平裝)

1. 阿拉伯語　2. 應用文

807.879　　　　　　　　　　106016412

阿拉伯語應用文

作　　者　林建財

出　　版　林建財

印製銷售　秀威資訊科技股份有限公司

　　　　　114 台北市內湖區瑞光路 76 巷 69 號 2 樓

　　　　　電話：+886-2-2796-3638

　　　　　傳真：+886-2-2796-1377

網路訂購　秀威書店：http:/store.showwe.tw

　　　　　博客來網路書店：http://www.books.com.tw

　　　　　三民網路書店：http://www.m.sanmin.com.tw

　　　　　金石堂網路書店：http://www.kingstone.com.tw

　　　　　讀冊生活：http://www.taaze.tw

出版日期：2017 年 11 月
定　　價：320 元